Lose

Klaus Ebner

Lose

Kurzgeschichten

Bibliografische Information der Deutschen Nationalbibliothek:
Die Deutsche Nationalbibliothek verzeichnet diese Publikation in der
Deutschen Nationalbibliografie; detaillierte bibliografische Daten sind im
Internet über http://dnb.dnb.de abrufbar.

© 2007/2019/2020 Klaus Ebner, www.klausebner.eu
Coverfoto und Gestaltung: © Klaus Ebner
Autorenfoto: © Karl Grabherr, www.grabherr-photography.com
Herstellung und Verlag: BoD – Books on Demand, Norderstedt
ISBN: 978-3-751983112

UFERLOS 7

Der Pflücker 9
Der Besuch 13
Notruf 23
Der Sammler 26
Das Pendel 34
Die Rüge 42
Der Trinker 44
Der Maler 48
Meerstadt 50

HALTLOS 53

Die Reisende 55
Fortlauf 68
Lyrisch 70
Antrag auf Patenschaft 81
Vorübergehend 84
Sagte die Mutter 86
Anziehung 91
Abflug 94
Lancelots Rückkehr 97

ATEMLOS 101

Die Straße 103
Der Bücher Schatten 109
Das Gehöft 113
Das Begräbnis 115
Momentaufnahme 118
Verdächtig 120
Generalprobe 124
Der Installateur 128
Der Geier 134

SCHWERELOS   137

Höhenflug   139
Die Straßenbahn   147
Flug sechs-zwo-zwo   163
Der Sucher   165
Im Keller   169
Der Kuss   173
Das Gemälde   176
Das Stiegenhaus   178
Flaschenpost   180

SELBSTLOS   183

Jugend   185
Reflektor   187
Aufzüglich   190
Widerspruch   191
Nächtens   203
Wegweisend   206
Papierflieger   208
Der Pflegling   210
Halbschlaf   216

Uferlos

Der Pflücker

Schon in seiner Jugend hatten sie ihn den Pflücker gerufen, wie man andere, denen man es an der Nasenspitze ansieht, Künstler oder Aufsteiger nennt. Seinen Neigungen folgend wuchs er nun tatsächlich in die Tätigkeit des Pflückers hinein, die er, wenn er mit Freunden darüber sprach, niemals nur als Beruf, sondern als Berufung verstand.

Tagsüber war er mit einem offenen Wagen unterwegs, den er an einer ziemlich langen Stange hinterherzog, um alles, was er feilbot, in den Dörfern und Städten, durch die er kam, zu verkaufen. Oder er trug einen Korb, wenn er zum Pflücken ging.

Den Pflücker erkannte man bereits aus der Ferne. Niemand war so groß gewachsen wie er und niemand zog mit vergleichbarer Ausdauer über die Straßen und Feldwege, rollte einen derart schwerfälligen Wagen mit hölzernen Rädern von Ort zu Ort, um in den meisten Fällen gerade noch vor der Dämmerung anzukommen und sich in einem Landgasthof einzuquartieren. Und niemandem lag so viel daran, auf die Menschen zuzugehen und sie zu fragen, was er ihnen das nächste Mal, wenn er vorbeischaute, mitbringen solle.

War alles einmal verkauft, kümmerte er sich um die Instandhaltung des Wagens wie das Einfetten der Radnaben und die Überprüfung der Deichsel auf Bruchstellen. Dann plante er zur Weiterführung der Geschäfte den nächsten Ausflug in den Wald, zu jener tiefen Stelle, die allein einem Pflücker bekannt war.

Er schnappte sich einen Korb, der vielmehr einer Tasche ähnelte, da man ihn verschließen und den Inhalt vor den Augen Neugieriger verbergen konnte. Dann verließ er den Gasthof durch die Hintertür, wie er das stets zu tun pflegte. So früh am Morgen wusste er die meisten der Dorfbewohner nämlich noch schlafend und freute sich über die Stille, über die ersten Sonnenstrahlen am Himmel und den frischen Tau, der bei jedem Schritt die Schuhe benetzte. Die Blumen und Beeren am Wegrand betrachtend gelangte er immer tiefer in den Wald, genoss jene dämmrigen Orte, wo die Wipfel und Stämme alles Licht dämpften und filterten. Er schlenkerte übermütig mit den Armen, holte mehrmals tief Luft und sagte immer dann, wenn ihm danach war, einen kurzen Vers vor sich hin.

Erst Stunden später erreichte er das Ziel: eine Lichtung, um die herum hohe Bäume, voll von gereiften Früchten, sprossen. Kleine Kinder hingen an den Ästen, wuchsen dort zu einer Größe heran, dass sie am Ende für den Ast zu schwer wurden, wie Obst herabfielen und sich erschlugen, wenn der Pflücker einmal fortblieb. Es gab Bäume mit blonden Kindern, auf den anderen trugen sie schwarzes oder brünettes Haar.

Mit dem Gesicht nach oben schritt der Pflücker zwischen den Bäumen hindurch, stellte fest, wo mehr Mädchen und wo mehr Buben heranreiften, und falls deren Zahl ausgeglichen war, setzte er sich auf den Boden, um das Treiben der Kinder zwischen den Blättern zu beobachten: ihr Mienenspiel, die Blicke, die sie einander zuwarfen, die Gesten ihrer kleinen Hände und die Versuche, sich von den Zweigen loszulösen, was natürlich misslang, weil sie die Verbindung

10

zum Mutterbaum im Rücken hatten, wohin sie nicht zu greifen vermochten.

Jene Kinder, die im Herbst übrigblieben und den Winter in den Baumkronen überdauerten, bewegten sich in der kühlen Jahreszeit immer weniger, weil die Kälte ihre Körperwärme fraß und die Haut blaurot und steif fror. Nach frischem Schneefall kehrte Stille in der Lichtung ein; nur ab und zu fiel eine winzige Schneewächte zu Boden, weil eines der Kinder die Augen geöffnet oder geniest hatte. An solchen Wintertagen kam der Pflücker nur her, um zu sehen, ob seine Bäume und die Früchte, die er im Frühjahr verkaufen wollte, nicht allzu sehr unter dem Frost litten.

Nun trat er zu einem der Bäume, fasste ein Mädchen am Bein und zog sachte an, so lange, bis der Ast brach, das Kind freigab und zurückschnalzte. Er öffnete den Korb und legte das Mädchen, das ihn mit großen, überraschten Augen ansah, hinein. Dann holte er einen Knaben herunter und einen zweiten, ging zum nächsten Baum und pflückte ein paar blond gelockte Kinder.

Während er sorgfältig auswählte und achtgab, nicht einen Baum völlig kahlzurupfen, wohingegen ein anderer unter seinem Gewicht ächzte, sprach er kein Wort. Die Kinder gediehen ausgezeichnet dieses Jahr, und er freute sich bereits auf den Gewinn, den er auf seiner Fahrt durchs Land erzielen wollte.

Als der Korb so angefüllt war, dass er ihn nur mehr mit Mühe verschließen konnte, gönnte er sich eine kurze Pause. Dann ging er gemächlich den Weg zurück, den er gekommen war. Er pfiff eine fröhliche Melodie und machte vor Übermut mehrere Sprünge. Der Korb wechselte von der linken Hand in die rechte und wieder zurück, wobei der Pflücker das Gewicht der Kinder kaum wahrnahm.

Wieder setzte er an, in die Höhe zu springen. Jedoch verhedderte er sich mit dem einen Fuß im Wurzelwerk eines Baumes, versuchte den Schwung durch Armrudern abzufangen, kippte vornüber und stürzte der Länge nach auf den Waldpfad. Der Korb entglitt seiner Hand, überschlug sich mehrmals, rollte den Wegrand entlang und kollerte schließlich über die Böschung. Gleichzeitig löste der Pflücker seinen Fuß aus den Wurzeln, sprang auf und rannte dem Korb nach, der sich mehrere Meter weiter in einem Strauch verfing.

Erschrocken und vor Zorn keuchend kniete er zu Boden, stellte den Korb waagrecht und machte ihn auf. Er schüttelte ganz leicht den Kopf, als er das Durcheinander sah, den Wirrwarr von einzelnen Armen und Beinen, Füßen und Händen, Rümpfen und Köpfen, die ihren Zusammenhalt völlig verloren hatten. Entgeistert zog er eines der Kinderbeinchen heraus, schaute es von allen Seiten an und wunderte sich, dass die kleinen Körper nicht besser hielten. Enttäuscht warf er das Bein zurück, schloss den Korb und trug ihn zum Weg hinauf.

Ganz in der Nähe floss ein Bach, fiel ihm ein, und er nahm sich vor, den Inhalt des Korbes dort ins Wasser zu schütten und fortzuspülen, bevor er die Lichtung mit den fruchttragenden Bäumen ein zweites Mal aufsuchte.

Der Besuch

Geräusche zu hören, war tatsächlich etwas Neues. Vermutlich verwechselte ich ja die Lärmkulisse eines Fernsehers, der irgendwo in der Nachbarschaft krakeelte, mit einem Geräusch in der eigenen Wohnung. Aber dann wieder, ganz deutlich: Es klang wie das Zurückschnalzen einer Türklinke, kurze Pause, Schritte. Ums Nachsehen kam ich also nicht umhin.

Ich stand auf, überlegte, wohin ich mich wenden sollte, und ging los in Richtung Vorzimmer. Als ich beim Türstock anlangte, packte mich eine gewisse Unruhe, die jedoch schwand, als ich die Wohnungstür geöffnet sah. Aha, daher das Geräusch der zurückschnalzenden Türschnalle. Allerdings war niemand zu sehen, und ich konnte nicht einmal einen Schatten hinter den bunten Glasfacetten erkennen, welche für die vage Transparenz der oberen Türhälfte sorgten. Sicherheitshalber steckte ich den Schlüssel, den ich achtlos auf die Schuhkommode geworfen hatte, in die Hosentasche. Eine eigenartige Situation, grübelte ich und machte noch ein paar Schritte. Meine Intention, die Tür wieder zu schließen, zerbrach jedoch an einem Klirren, das aus der Küche scholl. Die Pfanne, nein, die Teller, fuhr es mir durch den Kopf. Ich drehte mich herum, stürzte zur Küchentür und stieß sie auf.

Da stand ein Mann mittleren Alters im Raum, stopfte eben das letzte Stück Kuchen in den Mund und zuckte mit den Achseln, als er mich gewahrte. Auf dem Boden lagen mehrere Pfannen verstreut, garniert mit dem Braten, der mittags übriggeblieben war, und Kartoffeln, die in alle Ecken rollten.

Verdattert wollte ich den Fremden zur Rede stellen, als eine Frauenstimme dicht hinter mir fragte: »Das Telefon... da lang...?« Ich wandte mich um, tauchte in große, tiefbraune Augen, wunderte mich über das nicht ganz zum Farbton passende blonde Haar und wollte irgendetwas Tiefsinniges erwidern, als sie mich ungeduldig anfuhr: »Na, was ist! Muss ich mich erst ausziehen, oder was? Also, wo ist es, das Telefon?« Völlig überrumpelt wich ich zurück und wies mit dem Kinn zur Wohnstube.

Wortlos schaute ich ihr nach und erschrak, als ein Hund, ein Rauhaardackel, gemütlich hinter der Dame her scharwenzelte. Immerhin besaß ich einen neuen Teppich, und ob der Hund auch wirklich sauber war, nein, darauf wollte ich es keineswegs ankommen lassen! Also ihr nach, was hieß: dem Hund...

Bevor ich die Dame mit Hund erreichte, stoppte ich, weil plötzlich ein fremdes Mädchen vor mir stand und mich anstarrte. Es trug eine Schlaufe im Haar, rosa und etwas verschmutzt. »Wer bist denn...«, begann ich und stolperte überhastet zurück, als das Mädchen den Mund öffnete und in einem derart hohen Ton zu quietschen begann, dass ich mir instinktiv die Ohren zuhielt. Auf dieses Zurücktreten hin verstummte sie, blickte an mir vorbei, als wäre ihr Verhalten die natürlichste Sache der Welt, und ging zur Küche weiter.

Dort, fiel mir jetzt ein, stand noch immer der Mann, der meinen Kuchen gegessen hatte. Woran er sich in der Zwischenzeit bediente, konnte ich lediglich erahnen und mir in

Gedanken ausmalen. Ich musste ihn aufhalten, schoss es mir durch den Sinn. Mit ein paar Schritten Abstand folgte ich dem Mädchen; knapper wagte ich nicht heranzurücken, denn ich verspürte keine Lust, ihr gellendes Organ ein zweites Mal herauszufordern.

Mit einem überraschenden Satz huschte das Mädchen in die Küche hinein. Und ein elegant wirkender Herr mit Aktenkoffer und Hut trat in die Wohnung. Richtig, ich hatte vergessen abzuschließen. Als ich den Mund öffnete, um ihn wieder hinauszukomplimentieren, sagte er: »Ein Verkauf stünde dem Objekt im Grunde besser zu Gesicht.«

»Ein Verkauf?«, fragte ich perplex und verwarf gleichzeitig den Gedanken, in der Küche nach dem Rechten zu sehen. »Gewiss, ein Verkauf. Bedenken Sie die günstige Stadtlage, die öffentliche Verkehrsanbindung, kurzum, ein interessantes Objekt. Dabei schneide ich mir ins eigene Fleisch, wenn ich Sie auf die Vorzüge Ihres Objektes aufmerksam mache, aber so bin ich eben.« Er lachte in einer unerwartet hohen Stimmlage, wobei er unaufhörlich die rechte Augenbraue hob und senkte, hob und senkte. Mein Blick sprang von der Augenbraue auf seinen grauen Hut, den eine ziemlich unpassende Krempe in dunkelgrüner Farbe zierte.

»Also was ist jetzt?«, hob er an, »Ein Kauf wäre zweifelsohne zu bevorzugen. Insistieren Sie jedoch auf der Vermietung, so gilt es, eine geeignete Monatsmiete festzusetzen. Sie sollten wissen, ich setze mich nur mit seriösen Angeboten auseinander.«

»Kauf? Vermietung? Ich habe nicht vor, mein Heim zu vermieten…« Das Mädchen rannte aus der Küche hinter mir vorbei in die Stube. »Ach, Sie haben Besuch«, sagte der elegante Herr und schritt an mir vorbei, ebenfalls ins Wohnzimmer.

Ich widersetzte mich der Regung, ihm sofort hinterherzulaufen, drehte mich zur Wohnungstür und schloss diese. Dann rüttelte ich an der Türschnalle, um mich zu vergewissern, dass niemand mehr unangemeldet hereinplatzen würde. Ich seufzte erleichtert und stapfte dem Makler hinterher. Dieser war nur zwei oder drei Schritte ins Zimmer gedrungen und hatte sich umgewandt. Mit rotem Kopf stieß er skandierend hervor: »Seriöse Angebote, nur seriöse Angebote!« Mein Blick schien eine einzige Frage zu sein, denn er meinte noch, »Für Massenbesichtigungen ist meine Zeit wirklich zu wertvoll«, bevor er fluchtartig den Raum verließ, die Wohnungstür aufriss, hinaustrat und sie wieder zuschmetterte, sodass ich die Befürchtung hegte, die Glasscheiben könnten zerbersten. Nun wurde ich von der blonden Dame abgelenkt, die in der Ecke stand und einen ungeheuren Wortschwall auf meinen Telefonhörer prasseln ließ. Das ursprünglich gekringelte Kabel spannte quer über das Zimmer. Meine stille Frage, ob es dem Zug standhalten würde, verblasste, als ich registrierte, wie der Rauhaardackel unter dem Kabel und genau in der Mitte des Zimmers auf den Teppich pinkelte. Na bravo! Ohne den Zorn unterdrücken zu können, sah ich die Blonde an, die indessen mit der Handfläche die Sprechmuschel zuhielt und mich anzischte: »Kann man denn hier nicht einmal in Ruhe telefonieren?« Durch ihre Replik gänzlich aus der Fassung gebracht brauste ich auf, doch dann zog mich das klirrende Geräusch an, das entstand, als zwei junge Männer meinen Esstisch von allem, was sich darauf befand, befreiten, indem sie mit den Unterarmen darüberwischten und dabei sogar mein Wasserglas zu Boden beförderten, wo es zerbrach. Diese mir unbekannten Männer kümmerten sich weder um die Scherben noch um die Unordnung, die sie fabrizierten, sondern setzten sich gemütlich an den Tisch, steckten sich Zigaretten an und zogen ein Kartenspiel heraus. Immerhin, das zerberstende Glas hatte den Hund vertrieben, und ich hoffte, dass er aus der Wohnung laufen würde und nicht in ein anderes Zimmer, um dort weiterhin sein übelriechendes Unwesen zu treiben – oje, das sah jetzt aber nach einer dummen Geschichte aus: Die Wohnungstür war ja inzwischen zu! Oder…?

Die beiden Männer hatten die Karten nun ausgeteilt und begannen zu schnapsen, als mich die blonde Dame rüde an die Schulter stieß und nach einem Telefonbuch fragte oder besser: ein solches von mir einforderte. Verneinend schüttelte ich den Kopf, ich nahm keine Telefonbücher mehr an, um Kosten zu sparen. Ihr Antlitz verfinsterte sich, doch ich wandte mich um, da mich jemand anstupste. Es war das Mädchen von vorhin, das Mädchen mit der Schlaufe im Haar. Ich wusste wohl, was jetzt kam, und schon schrie sie los, derart gellend, dass ich ganz instinktiv die Arme hob und mir die Ohren zuhielt. Als ich bemerkte, wie alle Anwesenden desgleichen taten, grinste ich. Gleich darauf besann ich mich der verborgenen Morosität dieser Situation und hob nach dem Verebben des Geschreis zu sprechen an. »Nun bitte…«, begann ich, doch dann ertönte ein Knall. Die Küche, fuhr es mir durch den Kopf. Ohne mich zu entschuldigen rannte ich hinaus, traf den Mann, der meinen Braten auf dem Boden verteilt hatte, allerdings schienen sein Gesicht und die Kleider jetzt geschwärzt, verkohlt, und er beeilte sich, die Wohnung zu verlassen. Das trifft sich hervorragend, einer weniger, frohlockte ich, bevor ich auf der Schwelle zur Küche erstarrte. Über dem Herd prangte ein riesiger dunkler Fleck, und alle Küchengeräte waren von der Arbeitsplatte auf den Boden gefegt worden. Das Gas war zu lange ausgeströmt und – nun, ich konnte wohl von Glück reden, dass nicht noch mehr passiert war. Einzutreten erwies sich praktisch als unmöglich, also machte ich kehrt, um auch die anderen Eindringlinge loszuwerden.

Im Wohnzimmer fand ich nur mehr die beiden Kartenspieler vor, von denen der eine offensichtlich eben den Gewinn sichernden Stich herauszog, da er lauthals jubilierte. Entschlossen trat ich vor die beiden hin und hob den Finger, als der vermutliche Gewinner ohne mich anzublicken fragte, ob ich ein anderes Kartenspiel hätte. »Ein anderes Kartenspiel?«, wiederholte ich verdutzt. »Das hier ist gezinkt.« Nein, ich verwahrte kein Kartenspiel im Haus, ich spielte niemals Karten. Er schaute mich derart vorwurfsvoll an, dass ich mich genötigt sah, mich zu rechtfertigen. Angesichts der Skurrilität meines Ansinnens hielt ich jedoch inne und musste erschrocken zurückweichen, als der Verlierer der eben geendeten Partie plötzlich wutentbrannt aufsprang und seinen Partner des Betrugs bezichtigte. Schon wollte ich mich schlichtend einmischen, als er an mir vorbeirauschte, über das Telefonkabel stolperte, das auf dem Teppich lag, seine noch brennende Zigarettenkippe irgendwo auf den Boden warf und das Zimmer verließ. Zum Glück erlosch die Zigarette vollends, doch im Grunde erregte sein Stolpern meine Aufmerksamkeit, denn was, fragte ich mich alarmiert, hatte das Telefonkabel auf dem Boden zu suchen?

18

Noch immer handelte es sich um das Kabel, das vom Telefonapparat zum Hörer führte, um das ursprünglich gekringelte, denn jetzt verlief es lang gestreckt und fast völlig gerade. Es spannte vom Telefon, das nur um ein Haar und wegen des stabilen Wandanschlusses noch nicht von seinem Tischchen gefallen war, quer über den Raum ins Schlafzimmer, wo die angelehnte Tür es einklemmte. Neugierig geworden näherte ich mich der Schlafzimmertür und öffnete sie. Als der um die Ecke eingezwickte Telefonhörer zurückschnellte, zuckte ich zusammen. Es musste jemand im Zimmer sein, doch noch konnte ich nichts erkennen, da die Lampe ausgeschaltet und die Jalousien heruntergelassen waren. Vorsichtig glitt ich hinein und drückte die Tür hinter mir zu, als das Licht anging.

Die falsche Blonde, die mit den braunen Augen, die mein Telefon so lange belegt hatte und jetzt mit dem Schalter der Stehlampe in der Hand spielte, lag erwartungsvoll auf meinem Bett, bekleidet lediglich mit Netzstrümpfen und einem die Glattrasur kaum verbergendem Stringtanga; den Blick hatte sie zur Tür gerichtet. Staunend und mich selbst fragend, ob ich dieses geradezu wunschbesessene Erlebnis tatsächlich zu einem solchen machen konnte, blieb ich auf meinem Platz wie festgeklebt. Die Blonde zog die Augenbrauen zusammen und ihr Lächeln verschwand. *Mich* hatte sie wohl nicht erwartet. »Was unterstehen Sie sich!«, fuhr sie auf. Ohne einwenden zu können, dass es sich doch um *meine* (und nicht *ihre*) Wohnung handelte, sah ich sie aufspringen und empfand einen Anflug von Belustigung darüber, wie ihre Brüste bei jeder Bewegung hochwippten. Tobend und mit vor Zorn verzerrtem Gesicht rauschte sie auf mich zu, und bevor ich meinen Blick noch von ihrem Busen hob, fing meine Backe eine Ohrfeige, die so schmerzhaft war, dass ich mich des Gefühls nicht erwehren konnte, jeder Finger brenne einzeln auf der Haut. Eine Linkshänderin, dachte ich noch und ging zu Boden.

Ziemlich benommen begriff ich, dass sie, unflätige Beschimpfungen ausstoßend, sich anzog. Erst Minuten später gelang es mir, wieder aufzustehen. Ich knipste das Licht aus und trollte mich.

Der zweite Kartenspieler war zurückgekehrt, und anscheinend schwamm er jetzt in einer Glückssträhne, denn er machte einen Stich nach dem anderen, und sein Partner schüttelte den Kopf. Die Blonde konnte ich nicht mehr sehen, möglicherweise hatte sie sogar die Wohnung verlassen. Ich bewegte mich langsam zur Tür, die Wohn- und Vorzimmer verband, schreckte jedoch zurück, als das kleine Mädchen hereinstürmte und hinter ihr ein zweites. Gleich gekleidet, ähnelten sie einander überhaupt auf erstaunliche Weise. Wie Zwillinge, sinnierte ich, und ahnte gellende Stimmgewalt in doppelter Auflage. Also sah ich zu, dass ich hinauskam. Auf dem Weg zur Küche ging die Wohnungstür auf, irgendjemand musste sie in der Zwischenzeit neuerlich geöffnet und angelehnt haben.

Eine ältere Dame mit ergrautem Haar trat ein, klapperte ein paar Mal mit ihrem Gehstock auf den Boden und schaute mir in die Augen. Entschlossen kam sie auf mich zu und hob den Finger, als wollte sie mich sozusagen vorbeugend belehren. Ich stemmte jedoch die Fäuste in die Lenden und meinte: »Tut mir leid, das kommt nicht in Frage. Außerdem…«, und mit diesen Worten kurvte ich um sie herum, »muss ich

einen Verkauf erst mit meinem Steuerberater konkordieren.«
Ich dachte, mit Frechheit würde ich sie geschwind loswerden, doch sie hatte sich flink umgewandt und fragte mich in einem scharfen Ton, ob es mir eigentlich noch gut ginge.

Etwas ratlos blickte ich herum. Die beiden Kartenspieler kamen aus der Stube geeilt und fragten die Frau, ob sie Hilfe benötigte. »Jawohl, denn dieser Herr hat überhaupt keine Manieren!«, erklärte sie. Dann zeigte sie mit dem Finger auf mich. Bevor ich noch etwas erwidern konnte, meinte einer der beiden, ich hirschte schon die ganze Zeit über wie aufgescheucht herum. Zu allem Übel stand plötzlich die Blonde aus dem Schlafzimmer in der Küchentür. Sie rief, ich wäre um ein Haar über sie hergefallen. Bei aller Nachbarschaftsliebe, so viel Frechheit war mir nun doch zu viel. Voller Entrüstung wollte ich protestieren, als die ältere Dame unerwartet behände mit ihrem Gehstock auf mein Schienbein schlug. Ich verschluckte den Schmerzensschrei mit weit geöffneten Augen. Die Kartenspieler sprangen zu mir, packten mich an beiden Armen und hoben mich auf, sodass ich hilflos zwischen ihnen in der Luft zappelte. Die Blonde hielt die Eingangstür auf, und die beiden Männer warfen mich mit Schwung auf den Flur.

Bestürzt und nach dem Prall gegen die Mauer etwas taumelnd setzte ich mich auf den Boden und glotzte zum, nunmehr wieder geschlossenen, Wohnungseingang. Kopfschüttelnd ließ ich die vergangenen Minuten Revue passieren, sprang, einem plötzlichen Impuls folgend, auf und begann an die Tür zu trommeln, hielt jedoch abrupt inne, weil die Nebentür aufging und ein mir nicht näher bekannter Herr in Anzug und Krawatte mich fragend anblickte. Er-

leichtert rief ich aus, wie gut sich das träfe, schob ihn unver-
drossen zur Seite, trat in seine Wohnung und schlug die Tür
vor seinem verdutzten Gesicht zu. Um einen neuerlichen
Menschenauflauf zu vermeiden, drehte ich den im Schloss
steckenden Schlüssel zweimal herum. Das Wohnzimmer war
ohne Umschweife zu finden. Ich setzte mich in einen großen,
bequemen Fauteuil, fischte mir die Fernsehbedienung vom
Couchtisch und knipste den Apparat an. Danach atmete ich
tief durch und stellte die Lautstärke so hoch, dass ich das
beharrliche Pumpern an der Wohnungstür nicht mehr
wahrnahm.

Notruf

Warum es ausgerechnet ein anderer Planet sein musste, vermochte niemand zu beantworten. Indes führte kein Weg daran vorbei, lagen doch die Beweise seiner Existenz dermaßen klar. Das Haus stand an der Straßenecke. Weißgetüncht, die Architektur so, wie man sie von amerikanischen Vororten kennt, und gleich gegenüber, auf der anderen Straßenseite, wohnte eine arabische Familie, die vor Kurzem dort eingezogen war. In gewisser Weise suchten wir nach einem Ausweg, doch bezweifelten wir nicht, dafür noch eine Weile zu brauchen. Am Nachmittag schnappte Serena schließlich ihre Tuchent und stapfte hinüber zum Haus der Nachbarn, von denen wir noch immer nicht wussten, ob sie uns wohlgesonnen waren oder heimlich an einer Bombe bauten. Serena wollte bei ihnen übernachten, weil ihr der Lärm in unserem Haus unerträglich geworden war; immerhin hatte Theo, völlig sinnlos, sogar die Kreissäge angeworfen, nur um ihr Kreischen zu hören, das er genüsslich als Schnurren abtat. Das halbversunkene Bullauge befand sich hingegen auf einem anderen Himmelskörper, mitten im Ozean schwimmend, dessen sattblaue Farbe auf mich völlig unnatürlich wirkte. Das Fensterglas ragte zur Hälfte aus dem Wasser, obwohl es wiederholt von sanftem Wellengeplätscher überspült wurde. Dahinter glaubte ich zwei Gesichter zu erkennen, Theos und mein eigenes. Wir blickten hinaus, schrien – anscheinend tonlos – und klopften an die Scheibe, wollten irgendjemanden auf unsere missliche Lage aufmerksam machen, damit er uns helfe. Den Zusammenhang zwischen dem Bullauge und dem in der Sonne hell glänzenden Haus durchschaute ich nicht, denn am Ende gerieten alle, die ein wenig später ankommen sollten, auf geradem Weg ins Innere des Gebäudes und nicht in das unwirkliche Meer. In der Zwischenzeit, nachdem Serena von dannen gezogen war, machte sich eine Stimmung der Verlorenheit auch in unserem Haus breit, und zu dritt (ich hatte den Namen des Dritten, den ich so unsympathisch fand, vergessen) klagten wir über unser Leid. Wir überlegten, wie wir Hilfe holen konnten, da wir auf keinen Fall die Araber, denen wir misstrauten, anzurufen gedachten. Schon längst tapsten auf dem Bullauge die Möwen herum, und wir erkannten, dass eine solche Anomalie wohl am besten dazu geeignet wäre, die Aufmerksamkeit potenzieller Helfer zu erregen. Diesen Effekt vermeinten wir dramatisch steigern zu können, wenn wir es irgendwie schafften, ein paar Tropfen Blut auf das Glas zu träufeln. Wir knobelten die Idee in einem der großen Zimmer aus. Theo erklärte sich bereit, seine Finger aufzuschlitzen, damit wir mit seinem Blut das Bullauge bekleckerten, um endlich aus der Abgeschiedenheit auszubrechen. Der Dritte, der mir plötzlich hager und knorrig erschien, drängte an mir vorbei und wollte Theo dabei unterstützen. Allerdings ergriff er ihn von hinten und stach mit einem Dolch, den er überraschend hervorzog, mehrmals in seine Seite, so tief, dass ich Niere, Leber und Lunge verloren glaubte. Erst als wir, inzwischen gerettet, über einen technisch ungeklärten Korridor, der an die Sternentore einer Fernsehserie erinnerte, quasi als Touristen ins Haus zurückkamen, ja es vielfach überströmten, um unseren Erinnerungen nachzuhängen, und mit einem

Mal Theos Sohn vor mir stand, wusste ich, dass sein Vater nicht überlebt hatte. So war es letztendlich sein Opfer gewesen, das uns aus dem eigenartigen Karzer herausgeholt hatte. Immer neue Besucher drängten nach und zwangen uns zurückzuweichen. Inmitten der vielen Menschen versuchte ich dann Serena wiederzufinden, denn seit sie zu den Arabern gegangen war, um dort die Nacht zu verbringen, hatte ich sie nicht mehr gesehen.

Der Sammler

Exakt vierzehn Uhr siebenundzwanzig erwähnten meine Freunde erstmals den Lebensgeschichtensammler, pünktlich zum Schlag der Turmuhr, die seit Angedenken um genau drei Minuten vorging. Ich hörte augenblicklich zu trinken auf, fasziniert von dem ungestümen Wortwurm, der danach lediglich vom Gutenachtgeschichtenstadtexpress und dem Magistralwortearchivierungssackerl übertroffen werden sollte. Sammler lebten sicherlich viele in unserer Stadt, und je tolldreister die Errungenschaften unserer Regierung speziell das Wirtschaftswesen auf den Kopf stellten, desto intensiver zog eine sorgfältige Sammlungstätigkeit in Müllräume und Mistplätze ein. Allerdings bezweifelte ich, dass dort Lebensgeschichten herumlagen, und überhaupt fragte ich mich, welchen Nährwert eine solche überhaupt besitzen konnte, denn aus rein idealistischer Gesinnung heraus trieb sich doch niemand auf Deponien herum. Ich versuchte, noch ein paar Einzelheiten aus meinen Kumpanen herauszubekommen, erkannte jedoch sehr rasch, dass deren Weisheit ausschließlich auf Hörensagen und Stereotypen beruhte, was meiner auflodernden Neugier keineswegs reichte.

Meine Enttäuschung verflog, als mir beim Verlassen des Gastgartens ein älterer Mann, vielleicht an die sechzig, auffiel. Er saß am Tisch einer recht hübschen, aber übertrieben geschminkten jungen Dame und beschrieb einen schulheftgroßen Schreibblock zügig mit Notizen, während die Frau, mit einem eigenartig versunkenen Blick und ohne ihn anzusehen, unaufhörlich redete. Als die Freunde meine Abgelenktheit bemerkten, nickten sie mir zu und bestätigten, dass ich tatsächlich den Lebensgeschichtensammler gefunden hatte, der keineswegs in Abfallhaufen wühlte, sondern offenkundig Fabuliergut förderte. Mit einem Wink zum Abschied wandte ich mich wieder dem Lokal zu und wählte einen Tisch, der dem des Sammlers nahe genug stand, um ihn zu beobachten.

Es dauerte nahezu zwei Stunden, eine Zeitspanne, in der die Frau abwechselnd flüssig erzählte, unaufhaltsam hervorsprudelte, kicherte und lachte, minutenlang verstummte, trübsinnig jammerte, aufatmend frohlockte und einmal sogar still weinte. Danach stand sie auf und verließ den Tisch, nicht ohne ihrem Gegenüber einen langen, geradezu redseligen Blick zuzuwerfen. Obwohl ich versucht hatte, mich unauffällig zu verhalten, war dem Sammler mein Interesse längst aufgefallen. Deshalb schob ich, wie selbstverständlich, den zweiten Stuhl etwas zurück, als er sich erhob und zu meinem Tisch kam. Wortlos setzte er sich. Den Block behielt er eingesteckt und ich grinste, weil er anscheinend gar nicht damit rechnete, auch meine Erinnerungen in Erfahrung zu bringen. So schlug er in einen gemeinsamen Trunk ein und wir genossen den Abend, ohne viel zu plaudern. Zwar brannte ich innerlich darauf, den Hintergrund seiner forschenden Gespräche zu erfahren, doch überzeugte mich sein Auftreten von der Vorzüglichkeit behutsamer Geduld, zumal er, wie ich bald durchschaute, diese Gaststätte fast jeden Nachmittag aufsuchte.

Unser, beinahe stummes, Zusammentreffen entwickelte sich zu einem wiederkehrenden Ritual, bei dem ich eingangs unterschiedliche Typen registrierte, die auf ihren stillen Zuhörer einredeten, wild gestikulierten, sich mitunter richtig aufplusterten und dann plötzlich zusammenbrachen, heulten und zornig lästerten, später feixten, auflachten und Dinge von sich preisgaben, die ihnen vermutlich selbst erst zu diesem Zeitpunkt bewusst wurden. Wie er inmitten des narrativen Strudels so dasaß, begannen die Augen des Sammlers zu leuchten, während er fiebrig die Finger bewegte und ineinander verschlang, bei manchen Leuten ein paar Zeilen auf seinen Memoirenaushorchblock brachte und bei andern so ruhig lauschte, dass nur die seltenen Bewegungen des Windes in seinem Haar von lauernder Lebendigkeit zeugten. Am Ende des Tages bezahlte er die Zeche, indem er einen Geldschein, stets in gleicher Höhe, unter dem Pfefferstreuer einklemmte, und verließ sichtlich in Gedanken den Garten des Wirtshauses. Oder er begab sich her, um mir ein wenig Gesellschaft zu leisten. So entstand mein Eindruck, die Zufriedenheit des Lebensgeschichtensammlers profitierte von meiner Anwesenheit ebenso wie meine Laune von seiner ungewöhnlichen Leidenschaft, obwohl er mit keinem Wort je den Anlass für seinen Sammeldrang noch den Gegenstand der daraus ableitbaren Sucherei nannte.

Wir kannten uns schon ein halbes Jahr, als er mir - ich dachte, es wäre zum ersten Mal - ins Gesicht sah, mit den Augenbrauen zuckte und verlautbarte, dieser Ort böte nichts Aufregendes mehr und verdiente daher keine weitere Reflexion unsererseits, also trüge er - im Übrigen schon seit längerem - im Sinn, mich auf eine seiner Fahrten einzuladen, entweder mit dem gemächlichen Gutenachtgeschichtenstadtexpress, dem stets rasanten Geschäftsgesprächsvertiefungsbus oder der seltenen, aber dafür absolut pünktlichen Hungerleidersandelbahn, wobei Ersterer unpassend wirkte, Gespräche heute bereits zur Genüge gesprochen waren und lediglich die Hungerleidersandelbahn einen geeigneten Ausklang verspräche. Und danach, fügte er verschmitzt hinzu, wollte er mir etwas zeigen, das mir mit Sicherheit gefiele. Schließlich halte er mich für vertrauenswürdig.

Ich schluckte meine Überraschung hinunter und bald darauf tingelten wir mit einem der Vorortezüge quer durch die nördlichen Ausläufer der Stadt. Entsprechend der Ankündigung bestanden die Fahrgäste aus Stadtstreichern, Obdachlosen und sichtlich drogenabhängigen Jugendlichen, die, wie ich aufatmend feststellte, bestenfalls über uns hinwegsahen; eine Verhaltensweise, die ich auf die beruhigende Gegenwart meines Begleiters zurückführte. Den letzten Rest meiner Beklommenheit verlor ich, als wir ausstiegen und den Bahnhof hinter uns ließen, um die in Aussicht gestellte Überraschung, nämlich die Heimstätte des Sammlers, aufzusuchen. Er wohnte in einem vielstöckigen Gemeindebau und die Anordnung der zahlreichen Klingelknöpfe am Haustor beanspruchte sieben oder acht Spalten. Wir nahmen die Treppe und stiegen in den vierten Stock. Meine daraus resultierende Atemlosigkeit kontrastierte zur praktisch tonlosen Gelassenheit des Sammlers, für den, wie mir jetzt klar wurde, Stiegensteigen trotz seines Alters lediglich zum täglichen Ausdauersport gehörte.

Vor der Tür, einer von diesen billigen, mattweiß lackierten, von der Stadtgemeinde zu Unmengen eingekauften Blechtüren mit Kartonkern, die am unteren Ende untilgbare Spuren von feuchtem Schmutz aufwies, verschnaufte ich ein paar Minuten, bevor mein Gastgeber aufsperrte und den Zugang freigab. Mit einer höflichen Geste bat er mich weiter und ich trat in einen langgezogenen Flur, an dessen einem Ende ich eine verhältnismäßig dunkle Küchennische wahrnahm, deren Fenster auf den engen Lichthof ging. An der dem Eingang gegenüberliegenden Wand hing eine Garderobe mit mehreren gusseisernen Haken. Auf der Oberkante klebte eine fingerdicke Staubschicht. Am Fuß der Garderobenwand standen mehrere Plastiktüten, alle mit Aufdrucken bekannter Supermarktketten, bis auf eine, deren reinweißer Polykunststoff die Beschriftung eines dunkelblauen Plakatstiftes trug. Nur drei Blockbuchstaben zierten die Vorderseite, MAS, die ich lediglich als Abkürzung eines postgradualen akademischen Grades gewahrte, der in diesem Fall wohl keine Anwendung fand. Der Sammler erriet meine unausgesprochene Frage, nickte bedeutsam und erklärte, das große weiße sei das Magistralwortearchivierungssackerl, ein äußerst wichtiges Werkzeug seiner Tätigkeit, ohne das er vielleicht nicht sofort, aber gewiss in ein paar Jahren, wenn sein Gedächtnis allmählich nachließe, völlig verloren wäre. Das Magistralwortearchivierungssackerl sei nämlich eine Art Index; so etwas gäbe es zwar in den großen Bibliotheken in elektronischer Form, doch mit einer solchen organisierten Perfektion könne er nicht mithalten und deshalb stünde das Sackerl für gestandene und ehrliche Handarbeit.

Den Kern seiner bisherigen Heimlichtuerei barg jedoch eines der Zimmer, das er mir zeigte und wofür er mich letzten Endes hergelotst hatte. Er führte mich zur Tür und legte die Hand auf die Klinke. Bevor er öffnete und mich eintreten ließ, schaute mich noch einmal prüfend an. Der Raum enthielt keinerlei Möbel, für die es auch gar keinen Platz mehr gäbe, dafür aber unvorstellbar hohe und zahlreiche Stöße von Papier, im Grunde eher Türme, die sich in manchen Ecken vom Boden bis zur Decke streckten, das Magazin der über die Jahre angehäuften Lebensgeschichten; zwar fragte ich mich insgeheim, auf welche Weise der Sammler einzelne Papiere aus einem solchen Stapel zu holen gedachte und überhaupt lokalisierte, doch wie ich seinem Reden entnahm, wusste er ganz genau, welche Geschichte sich an welchem Ort befand. Fast schien er alle Lebensgeschichten, die er während der langen Zeit gesammelt hatte, auswendig gelernt zu haben, um nicht nur ihren genauen Verlauf rezitieren, sondern auch die exakte Position ihrer Archivierung bestimmen zu können. Um eine Probe aufs Exempel zu machen, fragte ich ihn keck nach der Lebensgeschichte meiner Nachbarin. Ohne Umschweife begann er von ihren verunglückten Söhnen zu erzählen, von den Streitereien, die sie, wie mir meine Mutter aus Empörung gesteckt hatte, mit dem Gerichtsvollzieher durchlitt, der sie unverschämterweise ins Bett kriegen wollte, um ihr dann in seiner gnädigen Art einen Teil der Schulden persönlich zu bezahlen. Nun tat es mir leid, seine Fähigkeiten angezweifelt zu haben, und als er auf einen der bis zur Decke reichenden Stöße nahe dem Fenster zuhielt und seine Finger etwa in Brusthöhe rieselnd ein paar Zentimeter auf und ab bewegte, stoppte ich seine Intention mit einer Handbewegung und meinte, das könne er sich sparen. Denn er hatte mich restlos davon überzeugt, dass er keineswegs fantastisches Zeugs daherfaselte, sondern tatsächlich in eine Lebensgeschichte eingetaucht war, die auch ich in groben Zügen kannte.

Er schwieg eine Zeit lang, die ich nutzte und mich im Zimmer umsah. Zwischen den Stapeln wirbelte Staub auf, sobald ich mich ihnen näherte, und die überbordende Präsenz der fein säuberlich abgelegten Lebensbilder vermittelte die Vorstellung eines gewaltigen Wortschwalls, dessen Eloquenz in ein Gefühl meiner eigenen Geringfügigkeit mündete. Eine Bedrückung, der ich möglichst rasch zu entfliehen gedachte, und so fragte ich den Sammler mit einem kurzen Seitenblick, wo eigentlich seine persönliche Lebensgeschichte lagerte, ob er sie ebenfalls hier bei den anderen aufbewahre oder ob dafür, weil sie schließlich etwas ganz Besonderes sei, eine eigene Kammer herhalte. Da er mit keiner Miene reagierte, wiederholte ich meine Frage und stutzte, als ich bemerkte, wie verkrampft er die Lippen aufeinanderpresste. Seine Bewegungen gerieten stockend und abgehackt, er wies mit den Händen auf einen halbhohen Zettelstoß, der noch eine Reihe zukünftiger Geschichten empfangen konnte, auf das Fenster, dessen Lichteinfall von der Dichte der Türme deutlich geschwächt wurde, und letztlich etwas verhalten mit dem Kinn zur offenen Tür, was ich als den ungeschickten und vorerst misslungenen Versuch einer Verabschiedung auffasste. Unser Dialog verebbte. Allmählich glaubte ich zu begreifen, dass er unter all den Biografien, die sein Dasein überlappten, umspülten und durchdrangen, seine eigene – vielleicht aus Nachlässigkeit, Unvernunft oder zunehmender Abstumpfung – vergessen oder verloren hatte und möglicherweise in dem Versuch, noch einen Zipfel von ihr im letzten Luftschnappen zu packen, in den Leben fremder Menschen stöberte und kramte. Ich drehte mich zum Ausgang, murmelte einen Gutenachtgruß, stapfte zügig aus dem Raum und

trat aus der Wohnung. Während ich, den Aufzug ignorie-
rend, die Treppe hinablief, ahnte ich, dass die eindrucksvolle,
nunmehr beendete Enthüllung unser letztes Zusammentreffen war, und bedauerte, mit meiner harmlosen Erkundigung
eine derart sensible Brandblase angestochen zu haben, die
den Lebensgeschichtensammler in mir nicht verständlichem
Ausmaß bedrückte.

Exakt dreiundzwanzig Uhr nullfünf bestieg ich einen
Autobus, der ins Zentrum fuhr. Einen Moment lang rätselte
ich, ob dies der ominöse Gutenachtgeschichtenstadtexpress
sein konnte oder ein Express zwangsläufig bei der Eisenbahn
anzusiedeln war. Oder ob die Linie einen anderen Namen
besaß, etwa Langweiligelandlebenskarosse, Bürgerkriegsbe-
richterstatterwagen oder Blutigeshorrormärchenautomobil.
Mit einem Schmunzeln auf den Lippen löste ich eine Fahrkarte und nahm in der hintersten Sitzreihe Platz, um unge-
stört den steten Wechsel der nächtlichen Fahrgäste zu ver-
folgen.

Das Pendel

Obwohl die Beamten von der Flächenwidmung eindringlich davor gewarnt hatten – weil nämlich der Untergrund nirgendwo auf Granit ruhte, sondern neben dem in der ganzen Gegend bekannten Rotschiefer aus reichen Ablagerungen von Sandstein und zusammengepresstem Geröll bestünde –, lief das Gerücht, er scherte sich einen Dreck um die Einwände der Behörden und baute das Haus exakt nach den Plänen, die er dem Bürgermeister schon vor zehn Jahren vorgelegt hatte, um freilich nur Spott und Gelächter zu ernten. Diesmal beabsichtigte er es zu Ende zu bringen, und er pfiffe auf die Unterstützung durch seine Nachbarn, denn er hätte viel zu lange zugewartet und sich mit fadenscheinigen Ausflüchten hinhalten lassen. Ich beschleunigte meinen Schritt, denn die Vehemenz, die ich aus den Erzählungen der Leute zu hören glaubte, ließ mich eine gewisse Bitterkeit vermuten, die Hingis zu voreiligen Entscheidungen treiben konnte. Wir kannten uns seit der Schulzeit, da hatte alles mit einer eingeschworenen Gruppe mehrerer Freunde angefangen, welche die Jahre des Erwachsenwerdens gemeinsam zu ertragen gedachten, doch als Hingis seine Leidenschaft für Pendeluhren entdeckte, immer mehr im Aufstöbern alter Uhrwerke aufging und von nichts anderem mehr sprach als von Spannklinken und Ankerrädern sowie den Bewegungen der Schwingmasse und der Ausdauer von hölzernen und metallenen Pendeln, was ihm bald den Spitznamen der Pendler eingebracht hatte, wandte sich einer nach dem andern von ihm ab. Schlussendlich war ich als Einziger sein Freund geblieben, der seine Passion zwar nicht gerade teilte, aber doch mit einer heimlichen Bewunderung beäugte. Die Buben aus der Nachbarschaft sprachen ihn nur mehr an, wenn etwa eine Armbanduhr stehen geblieben war oder eine Kuckucksuhr nicht mehr Kuckuck schrie, wann sie sollte; dann standen sie vor seiner Tür, verbissen sich den Spitznamen mitunter so heftig auf der Lippe, dass diese ganz frische Blutspuren aufwies, und baten Hingis, doch einmal einen Blick auf ihr Kleinod zu werfen, um es wieder zum Ticken zu bringen, wofür er wahrlich goldene Finger besaß. Sogar als das Uhrwerk des Kirchturms seinen Dienst versagte, hatten sie ihn um Hilfe gebeten, und zwei Tage später wusste jeder im Ort, dass Hingis der Kommune eine Menge Geld erspart hatte, das zur Anschaffung einer neuen Mechanik hätte aufgebracht werden müssen. Doch je entschiedener mein Freund sich seinem Spleen ergab, desto scheeler sah meine Großmutter mich an und forderte zuerst verhohlen und dann immer unverblümter von mir, den Kontakt zu diesem absonderlichen Jungen abzubrechen, um nicht selbst Schaden zu erleiden und mir den kaum ausgegorenen Entwurf meines eigenen Lebens unbedacht zu zerreißen; indes spielte mir der Zufall in die Hände, als die alte, reich verzierte Taschenuhr mit den schnörkeligen Ziffern, die meine Großmutter von ihren *Ahnln* höchstpersönlich in Empfang genommen hatte, wie sie nicht müde wurde, meinen Eltern und mir zu erzählen, als nun eben diese Taschenuhr, die so grässlich knackte, wenn man ihren Deckel öffnete, von einem Moment auf den anderen kurz gluckste, um schließlich alle Zeiger reglos von sich zu strecken. Bevor die Oma aus ihrem Schreck erwachte, um meiner in diesem Augenblick schon offensichtlichen Eingebung zu widersprechen, schnappte ich die alte Punzel und brachte sie zu Hingis hinüber, der sich sofort daran machte, die metallene Kapsel aufzuschrauben, ein paar Staubbällchen aus dem Federhaus herauszufischen und an ein paar Zahnrädchen und Stäbchen herumzudoktern, bis er ganz überraschend das Gehäuse wieder schloss und mir grinsend die nun regelmäßig tickende Uhr überreichte. Meine Großmutter war von dieser Notoperation dermaßen beeindruckt, dass sie sich ihrer Voreingenommenheit schämte und nie wieder versuchte, mir meinen Umgang zu verbieten oder einzuschränken, obwohl sie nach wie vor einen gewissen Argwohn gegenüber dem sich abzeichnenden Lebenswandel des Pendlers hegte.

Als ich den Hauptplatz überquerte, wo viele der Dorfbewohner herumstanden, plauderten und schräge Witze austauschten, sprach ich eine der Gruppen an, um mich nach Hingis zu erkundigen. Meine Frage, ob es ihm gut gehe und wo er sich derzeit aufhalte, quittierten sie mit Kopfschütteln und Fingerzeig. Die kolportierten Gerüchte hatten an diesem Nachmittag ihre Wirkung getan, doch wurde ich zumindest zu jenem Baugrund in der Nähe des Heimatmuseums geleitet, den Hingis mit dem von seinen Eltern vorzeitig aus dem Erbe ausbezahlten Geld erstanden hatte. Also keine Fehlwidmung und kein widerrechtlicher Kelleraushub, beruhigte ich mich, obschon allein die Tatsache, dass sein Bauvorhaben, dessen Ausmaß ich lediglich mit einem dumpfen, nichts Wonniges verheißenden Gefühl in der Magengrube erahnte, ausgesprochen geheimnisumwittert, klanglos und unerwartet in Gang gesetzt wurde, meine Gedanken dazu anspornte,

36

über ihren eigenen Schatten zu springen und sich selbst zu überholen. Womöglich stand schon eine Wand oder eine ganze Ecke, aber je länger ich überlegte, desto mehr sprach für ein gleichzeitiges Hochziehen aller tragenden Mauern, denn Hingis hielt große Stücke auf systematisches Vorgehen und das beeinflusste wohl auch sein jetziges Handeln; indes, mit Bedacht auf die Neuheit der überbrachten Nachricht, gab ich ihm allenfalls einen angefangenen Aushub fürs Fundament. Abschließend bog ich um die Ecke und blieb abrupt stehen. Hingis hatte nicht nur das Grundstück in Besitz genommen, sondern bereits Vorarbeiten geleistet, deren weit gediehene Ausführung nicht einmal mit dem für ihn typischen Eifer zu erklären war. Der augenscheinliche Fortschritt in der Errichtung des geplanten Gebäudes erforderte geradezu logistische Brillanz, die ich trotz unserer Freundschaft in ihm weder vermutet noch vorausgesehen hatte. Die Hälfte des Rohbaus stand bereits, ein solides Gemäuer von stupender Dimensionierung, sozusagen eine gigantische Schale für das mit beträchtlicher Anstrengung entworfene und umzusetzende Innenleben, eine Ausgestaltung, die ihresgleichen suchte, denn der Pendler setzte alles daran, seinem Spitznamen unvergessliche Ehre zu machen und sich ein Denkmal zu errichten, das der Dorfgemeinschaft noch in Jahrzehnten wenn nicht Jahrhunderten in Form eines Wahrzeichens Ruhm einbrächte. Ich blickte mich einer zwar noch unvollendeten, aber bereits kolossalen Uhr gegenüber, einer Pendeluhr, deren Ziffernblatt bislang weder Beschriftung noch Zeiger besaß, doch über den wichtigen Funktionskern und ein riesiges Pendel verfügte. Allein die Bewegung des Perpendikels musste einen nicht unbeträchtlichen Zugwind und ein pfeifendes oder sirrendes Begleitgeräusch erzeugen, mutmaßte ich und bemerkte, dass Hingis, auf einem hohen Gerüst stationiert, eben daranging, die taktvolle Schwingung anzustoßen. Die Konstruktion schien er im Verborgenen vorbereitet zu haben, ohne mir das Geringste zu stecken, denn ich sah keine Möglichkeit, eine derartige Struktur innerhalb knapp bemessener Zeit anzufertigen, ja es kam einer regelrechten Schöpfung gleich, was mein Freund da offenbar im Alleingang gezimmert hatte. Während das Pendel vorerst mit Ächzen und Knirschen, dann aber in besonnener Ruhe und, als ob es sich um eine mechanische Kreatur handelte, mit quicklebendigem Entzücken die Spannweite seiner periodisch alternierenden Schwungkräfte auszuloten begann, gewahrte Hingis meine Anwesenheit und winkte mir. Er stieg vom Gerüst herunter, eilte auf mich zu und umarmte mich. Was ich davon hielte, fragte er mit unbändiger Freude in der Stimme und führte mich so nahe zu seinem Uhrgehäuse, dass ich die Reibung des Perpendikels in der Luft zu spüren vermeinte und das regelmäßige Vorbeisausen über dem Kopf meinen Blick einmal in die eine und dann in die andere Richtung zwang. Jedes Mal, wenn ich dem Ausschlag in den inzwischen rotblau gefärbten Abendhimmel nachschaute, beschlich mich das Gefühl, in unendliche Bedeutungslosigkeit abzusinken, und ich ertappte mich dabei, wie ich mich am Arm meines Freundes festklammerte, der schweigend vor sich hinlächelte. Plötzlich schüttelte er meinen Griff ab, trat einen Schritt vor und sprang mit einem Satz auf den eben vorbeifliegenden Schwungkörper des Pendels. Erschrocken wich ich zurück, stolperte und kam auf dem Schotter zu sitzen, von wo aus ich atemlos zusah, wie

38

Hingis gleich einer Meerkatze mit ungeahnter Behändigkeit über die Oberfläche des Pendels kletterte, lachend die weniger rasante Mitte erklomm und zum Spaß mit den Fingern abwechselnd auf das Schlag- und das Ganggewicht klopfte. Ich wunderte mich, wie mühelos er das Gleichgewicht hielt, trotz des steten Schwingens seiner eigenen Wege ging und mit der Gewohnheit eines erfahrenen Kraxlers den Pendelstab umrundete, aufs kreisförmige Abschlussgewicht hüpfte und sich sogar auf den Rücken legte, um sich von der Uhr wiegen zu lassen und die Sterne zu beobachten, die allmählich im dunkelnden Firmament aufblitzten.

Und dann wandte er sich mir zu, streckte mir den Arm entgegen und ließ mich verstehen, dass er mich heraufholen wollte. Zwar schüttelte ich den Kopf, doch empfand ich den Reiz des Ansinnens, eine kecke Provokation, die mich versteckt anstupste, mir ein Kitzeln in den Nacken blies, das ich nicht loswurde, ohne zumindest aufzustehen und die riesige Penduluhr daraufhin zu mustern, ob sie meine Gegenwart akzeptieren, meine Nähe ertragen würde, ohne mich angewidert abzubeuteln. Beim nächsten Durchschwingen packte mich Hingis an beiden Schultern und beförderte mein Gewicht mit einer Leichtigkeit hinauf, die mir richtiggehend hexenhaft vorkam. In panischer Furcht vor einem Absturz in die Tiefe spähte ich nach Halt, doch schließlich riss die Bewegung mich mit, was ich im ersten Moment erschreckend fand, doch als Hingis dann bedächtig den Zeigefinger über die Lippen legte und die Augen schloss, geriet ich zum ersten Mal an den Wendepunkt des Pendelausschlags, dorthin, wo der baumlange Stab für einen einzigen Wimpernschlag still im Raum verharrte, um im nächsten Moment die Richtung zu wechseln und hinabzusausen. Reflexartig krallte ich mich fest, doch als wir kurz später auf der anderen Seite zur Umkehr gelangten, spürte ich das Lächeln, das geradezu ungewollt von meiner Miene Besitz ergriff, und ich glaubte das Pochen meines Herzschlags zu hören, als Trägheit und Gewicht nicht weiterwussten und in punktueller Schwerelosigkeit einander die Hand reichten. Als wären wir noch die Kinder, die sich gerade erst angefreundet hatten, tollten wir eine Weile auf dem Gerät herum und ich dachte nicht mehr darüber nach, wie überhaupt die Haftung entstand, die uns vor einem gefährlichen Abrutschen bewahrte. Hingis eröffnete mir, dass er seit der Schulzeit von einer solch gewaltigen Uhr träumte und seine technischen Studien lediglich mit dem Ziel absolviert hatte, diesen Traum eines Tages zu verwirklichen. Nun erwog er, sein restliches Leben mit dem einzigartigen Perpendikel zu verbringen, gleich einer Ameise, die sich ebenfalls keine Sorgen um Schwerkraft und ähnliche Überflüssigkeiten machte. Er würde das Grundstück und das Gebäude dem Gemeindevorsteher überschreiben, damit der es für die Allgemeinheit öffne, und dafür nähme er lediglich das Recht in Anspruch, sein Dasein auf das Pendel zu verpflanzen und alles, was er benötigte, Nahrung, Kleidung, Toiletteartikel, angeliefert zu bekommen. Auch einen Namen für die neue Attraktion der Ortschaft hätte er sich ausgedacht, das *Haus zum Horolog* gedachte er das Kunstwerk, so verlautbarte er, zu taufen. Und dann lud er mich ein, sein Glück mit ihm gemeinsam zu genießen und ebenso wie er das Uhrgehäuse zu bewohnen. Zur Mitteilung dieses Vorschlags wählte er die Stelle, wo die Schwingmasse ihren Schub ins Gegenteil verkehrte, eine Sekunde, die geprägt war

40

von mittlerweile vertrauter Verstummung und Schwerelosigkeit, den Moment des Vergnügens, welches mich fast zustimmen ließ und das distanzierte Abwägen, wonach nur mehr ein letzter Zweifel gierte, gröblich erschwerte. Indes verstand Hingis mein Zögern. Behutsam brachte er mich daher auf den Boden zurück und nachdem ich ihm versprochen hatte, mich, natürlich unter seiner fachlichen Anleitung, um die Fertigstellung des Horologs zu kümmern, kehrte ich der Parzelle meinen Rücken und entschwand verwirrt und erleichtert in die Nacht und in meine Gedanken.

Die Rüge

Insgeheim schaute ich zur Tür, auf den Rahmen und die schmucklose Türschnalle, verstohlen, denn ich hatte keinerlei Intention, noch zusätzliches Interesse auf mich zu lenken. Völlig tonlos saß ich auf dem Stuhl. Wie viele Minuten mochten vergangen sein, seit meine Ausarbeitung auf seinem Schreibtisch gelandet war? Fünf? Zehn? Gar zwanzig? Es konnte nicht gut ausgehen, denn die Daten, mit denen ich arbeiten musste, vermissten nicht nur die Vollständigkeit, sondern auch Qualität. Dementsprechend sah das Resultat aus, eine Aufstellung, deren Aussagekraft gegen Null sank und deren Formatierung überdies zu wünschen ließ, da ich die Tiefen des Programms nicht kannte und zudem mit den Tücken seiner technischen Unausgereiftheit rang.

Meine Handflächen nässten, und mein Atem ging unregelmäßig. Obwohl keiner der Kollegen etwas gemerkt hatte, verharrte ich seit der Fertigstellung des Elaborats reglos in meiner Position und wagte kaum den Kopf zu heben. Jedes Schreibgeräusch entpuppte sich als verräterisch und das Klicken der Tastendrücke vermied ich; lediglich der Mauszeiger flitzte dann und wann über den Bildschirm, öffnete wahllos Fenster und schloss andere, zog Dateien in neue Ordner und verweilte wartend auf Schaltflächen und Symbolen.

Und dann geriet die Klinke in Bewegung, zögernd zuerst und schlussendlich forsch. Die Tür schnellte auf und mein Vorgesetzter erschien, groß, die Lippen zusammengepresst und den Schädel verhalten cholerisch gerötet. Geduckt und die Augen auf den Chef gerichtet nahm ich die Hände von der Tastatur. Geradenwegs trat er auf mich zu, baute sich vor meinem Tisch auf und stemmte die Fäuste in die Seiten. Unbarmherzig schrie er mir den vielfach geübten Zweisilbler ins Gesicht: »Du Wurm!« So laut, dass ich den grausamen Wind an meinen Schläfen spürte. Flugs drehte er sich um und stapfte ins Büro zurück.

Niemand rührte sich, geradezu, als wäre nichts geschehen. Dennoch war ich überzeugt, dass alle im Raum den Auftritt genossen hatten, heimlich über meine Niederlage kicherten und bereits erste Spekulationen über die Aufteilung meiner Verantwortlichkeiten anstellten. So stand ich unterwürfig und langsam auf, knickte – nach der Art des Wurms – in der Mitte meines Körpers zusammen, bis die Ellbogen den Boden berührten, und raupte, noch etwas wackelig, unter dem Grinsen der Kollegen aus dem Zimmer.

Der Trinker

»Verrufen« ist kein angemessener Ausdruck und dennoch fällt mir kein besserer ein, um seinen Bekanntheitsgrad in unserem Dorf zu beschreiben. Kein Fest ließ er aus, und an jedem Abend war es ein Leichtes, ihn zu finden, musste ich lediglich die paar Schritte über den Hauptplatz zur Weinstube gehen. Inmitten einer Gruppe lustiger Bauern und Schwätzer gab er seine Geschichten zum Besten und leerte ein Glas nach dem anderen, ohne dass ihm irgendetwas anzumerken gewesen wäre. Den Landesrekord, wie sie es nannten, hielt er seit Jahrzehnten, denn niemand konnte auch nur ansatzweise mit ihm mithalten, wenn er literweise Wein und sogar Schnäpse soff. Gewettet wurde schon lange nicht mehr, und so war es den Burschen des Dorfes einfach nur ein Spaß mitzuerleben, wie er noch immer mit fester Stimme erzählte und lachte, während sie selbst kaum mehr den Boden unter den Füßen wahrnahmen, sei es, weil sie in ihrer Trunkenheit jedes Gefühl in den Beinen verloren hatten oder schon mit ihrem persönlichen Abschlussglas auf die Erde gekippt waren.

Von seinen Eskapaden hatte ich nie etwas gesehen, doch erzählte jeder im Dorf weiter, was er am Vortag in der Schenke gehört hatte, und von den seltsamen Gewohnheiten des Trinkers, wenn er gerade nicht bei uns weilte und mit den andern scherzte. Anfänglich, hatte ich erfahren, war es ihm lediglich langweilig geworden, immer nur flüssige Getränke zu sich zu nehmen und dann nicht das Geringste des enthaltenen Alkohols zu verspüren, mit dem er seine Mittrinker längst reihenweise niedergesoffen hatte. So verstieg er sich darauf, anderes zu probieren. Früchte zuerst, wie sie auf den Äckern wuchsen, dann Knollen und verschiedene Gemüse, da er Furcht hatte, sich zu übernehmen, wenn er allzu rasch wechselte. Um Früchte und Gemüse tatsächlich trinken zu können, hatte er einen ganz speziellen Trinkhalm gebastelt, den er, wenn er sehr gut aufgelegt war, schüchtern und verstohlen herzeigte, und zwar niemals im Wirtshaus, sondern immer auf einem kleinen, versteckten Feldweg und nur jenen Personen, die er für besonders vertrauenswürdig hielt.

Mit den härteren Geschäften, wie er es nannte, hatte er begonnen, als ihm der Konsum dieser doch weichen und sehr saftreichen Lebensmittel allmählich billig erschien und eine Stillung seines immer unersättlicher fordernden Durstes nicht in Sicht war. Es ging das Gerücht, dass eine Buche, an deren Stamm er sich gelehnt hatte, um etwas auszuruhen, den Anfang machte. Eher spielerisch denn überzeugt hatte er den Halm an die Rinde gelegt und daran gezogen, weil ihm eben nichts Besseres in den Sinn kam. Etwas erstaunt über den unerwartet süßen Geschmack hatte er schließlich so lange daran gesaugt, bis von der Buche nichts mehr übrig war und er dem Besitzer jenes Fleckens zwei Tage später verlegen erklären musste, was aus seinem fünfzigjährigen Baum geworden war, der noch dazu, inzwischen in mehr als zwei Metern Höhe, ein Herzchen und die geritzten Namen des Besitzers selbst und dessen erster Liebe getragen hatte.

Danach entstanden jene Geschichten, die sich mit der Zeit zu den Mythen unseres Dorfes entwickelten. Laternen am Beginn der Dämmerung zu trinken zählte noch zu den einfachen Übungen, denn viel lieber machte er sich an den Dachziegeln der Häuser zu schaffen, schlürfte gerade so viel weg, dass er mit einem Auge in die Schlafzimmer lugen und das mitunter bunte Treiben darin beobachten konnte, so lange, bis die Hausbewohner ihm auf die Schliche kamen und ihn unter Androhung schwerer Prügel vertrieben und nur dann, wenn dies nicht gelang, einfach keinen Sex mehr miteinander hatten. Mit besonders dreistem Spaß trank er die Mützen und Hüte seiner Mitmenschen, wenn diese ihm Ärger bereitet hatten oder auch völlig überraschend seinen Weg kreuzten. Als von einem der Höfe nächtens ein Kettenhund verschwand, sprachen viele sich dafür aus, ihn für immer aus unserer Gegend zu vertreiben, doch soweit ich mich erinnere, konnte niemals bewiesen werden, dass tatsächlich der Trinker hinter dem Verschwinden des Tieres stand.

Während seiner allabendlichen Auftritte in der Weinstube gefiel es ihm, vom Genuss zahlreicher exotischer Getränke zu berichten, angefangen vom Rohrspatzenteich im benachbarten und längst leer stehenden Herrenschloss über elektrische Weidenbegrenzungsdrähte und modrige Bootskiele hin zur stolzen Lokomotive des Heimatmuseums, deren tiefatmiges Schnaufen den meisten der Bauern noch aus der Kindheit in guter Erinnerung war. Sein großer Traum, der flugs zu einem zentralen Lebensziel mutierte, erwachte allerdings, als er in den abendlichen Stunden eines fröhlich verbrachten Sommertages den Trinkhalm zum Himmel drehte und mit einem tiefen beherzten Schluck eine satte Kumuluswolke vom Firmament sog. Sein großer Traum, erzählte er mit ganz glasigen Augen und einer Stimme, die Mühe hatte, nicht in sprachlose Verzückung zu geraten, bestand darin, sich eines Tages so viel Zeit zu nehmen, dass er den Vollmond der klaren Nächte vom nördlichen bis zum südlichen Pol, ohne auch nur ein einziges Mal abzusetzen, austrinken konnte. Danach würde er sich hinsetzen, die Augen schließen und, während er auf ein erfülltes Leben zurücksah, darauf warten, ob das Mondlicht regenerierte.

Ein paar Tage später verschwand er, ohne sich verabschiedet zu haben, und alle rätselten, wo er sich wohl herumtrieb. Mit der Zeit wurden die Fragen nach dem Trinker jedoch seltener, bis sie gänzlich verschwanden und nur mehr die Burschen in der Weinstube aus ihrer Erinnerung an die unmöglich zu gewinnenden Wetttrinken plauderten. Der Alltag war etwas fahler geworden.

Doch jedes Mal, wenn wir Vollmond hatten, setzte ich mich auf die Türschwelle und suchte an den Rändern des Mondes nach einem dünnen Halm, einem Strich nur im Dunkeln, an dessen anderem Ende der Trinker säße, der uns vor langer Zeit verlassen hatte, um sich einen Traum zu erfüllen. Über die Tage würde er kein einziges Mal absetzen, bis aus dem abmagernden Kipferl ein Neumond wurde, der ihm erlaubte, die Augen zu schließen und das Wachsen eines neuerlichen Vollmondes abzuwarten.

Der Maler

Vor dem geöffneten Fenster war die Leinwand auf einen Rahmen aus Holz gespannt, und das Licht, das hereinfiel, füllte jede Vertiefung des Gewebes. Der Maler, die Hände tief in den Taschen, trat zögernd hinzu: Wenn er den Kopf zur Seite drehte, schien Weiß aufzublitzen. Er streckte den Nacken und lehnte sich an die Wand; als sein Nasenflügel zuckte, strich er mit dem Arm darüber. Den Leimgeruch tonlos und andächtig einatmend setzte er sich auf den Stuhl vor der leeren Fläche, stützte das Gesicht auf die Hand und berührte das Kinn mit den Fingerspitzen. Er wollte den Punkt finden, wo Vergangenheit Kommendes griff. Um seine Gedanken zu fassen, holte er tief Luft, senkte die Augenlider, hob sie wieder und verzog die Mundwinkel. Die Hand, die, frei, auf dem Schoß lag, verkrampfte er zu einer Faust, entspannte sie, führte rhythmisch Bewegungen. Der Maler stand auf; er wählte den Pinsel und tauchte ihn zögernd in die vorgefertigte Paste. Er schloss die Augen, nur kurz, um die Vorstellung festzuhalten. Ein plötzlicher Schwindel machte ihn taumeln. Dann wurde er ganz ruhig, signierte in feinen, kalligrafischen Linien; lateinische Lettern durchmaßen die Mitte des Bildes und formten ein Wort: ISMUKOL.

Mit zufriedenem Ausdruck wich er zurück. Er reinigte sorgsam den Pinsel. Dann nahm er Farbe auf, blasse zuerst, die er, das Signum bedeckend, auf die Leinwand setzte. Die Ränder färbte er grün, bevor die Buchstaben gänzlich verschwanden. Eine Wiese entstand, zog sich weit in die Fläche, bot Platz für des Malers Hand. Die Staffelei war zierlich angedeutet, und die Figur, die davor stand, glich in den Zügen dem Maler selbst; dahinter, als seines Denkens Begleiter, der Mund seiner Mutter. Er atmete heftig, lächelnd und überzeugt, die gesuchte Form zu finden. Die Hand bewegte sich nahezu selbständig, als sie die vage Figur übermalte, an Stelle des Bildes im Bild einen Akt begann: Doch der Bauch schien zu groß und der Nabel zu flach, also setzte er Schwarz und Rot auf die Leinwand, dann fünf Sonnen, die Farben des Regenbogens, eine Libelle und einen Schmetterling. Und wieder Weiß, dicke Striche, deren Paste er direkt aus der Tube drückte. Die Landschaft verriet den Sommer, und der Maler verlor seine Spannung, als er die Mondsichel malte. Unter dem Lichtschein glitzerte ein See in ungezählten Punkten, ein See, auf dem fortzutreiben er vorhatte, mit dem Wunsch, die herrschende Enge zu lösen. Er führte die Linien der Leinwand zu sich, denn er wusste, er hatte sich selbst ins Gemälde zu setzen, und ließ, im entstandenen Wirbel, die Hand, seinen Arm mit der Farbe verfließen, besah zitternde Formen und wachsende Flecken. Sein Atem gebar eine Welt, die aus dem Pinsel entstand. Jedes Ereignis war eins. Mit dieser Erkenntnis trat er zurück.

Das Innere des Bildes verstand er als Hohlraum, als er die Borsten mit den Fingern umfasste und weiße Farbe in die Öffnung spritzte. Dann hielt er inne. Sein Körper blieb still, als die Begrenzung zum Bild sich allmählich aufhob, der Maler mit dem Gemälde verwuchs.

Meerstadt

Mit der einen Hand krallte ich mich an der Mündung fest, um nicht vom Wasser mitgerissen zu werden. Das eigene Gewicht zog mich nach unten, dorthin, wo der Boden fast lotrecht abfiel. Nach festem Halt tastend bemerkte ich aus den Augenwinkeln heraus die kieselfarbene Schutthalde unter mir. Auf sie würde ich fallen, wenn ich nicht aufpasste.

Als der Druck des Wassers gegen meinen Körper schwächer wurde, fühlte ich mich sicher, wissend, dass ich mich gegen das Meer behaupten konnte, das sich auf der anderen Seite der Mündung befand. Dann schaute ich hinab, auf die darunter liegende Böschung, die Steine, den Müll. Mir fiel auf, dass meine Nase verstopft war, und ich erkannte etwas Rauch oder Dampf, der das Atmen mühsam machte.

Gleich daneben lag die Stadt, eingeschlossen im Tal, mit kaum einem Menschen Platz bietenden Wegen und wolkenkratzerartigen, wenngleich winzigen, Häusern. Ich löste mich von der Wand, trieb zur Seite und schien über die Stadt zu schweben. Mit den Armen musste ich das Gleichgewicht halten, ruckartig fast, da ich diese Bewegung nicht gewohnt war. Meine Beine erwiesen sich als grobes Hemmnis, doch bemühte ich mich, sie im Flug unter Kontrolle zu halten.

Ich fand kein einziges Fenster in der Stadt, die unversehens grau wirkte. Sie glich einer Fabrik mit dunklen Schloten, die jedwede Sicht verwirrten, dann vielmehr einer Anhäufung mittelalterlicher Gassen, unregelmäßig angelegt und krumm. Immer mehr Dampf zog über die Stadt, sodass ich

Mühe hatte, die Häuser auszumachen. Nur die Dächer glitzerten stellenweise auf, als Dampf und Rauch so dicht wurden, dass ich den Gedanken aufgab, bis zum Boden vorzudringen. Hingegen musste mich der Gestank der Müllansammlung, wenn ich es überlegte, längst in meiner Höhe erreicht haben.

Ich sah mich um. Dunkle Felswände, deren raue Oberfläche ich greifen konnte, umgaben Stadt und Schutt. Die Mündung hatte ich zurückgelassen, doch ahnte ich, wie sie hinter meinem Rücken die grünblaue Farbe des Ozeans verriet. Als ich mich umwandte, staunte ich, welche Veränderung die Mündung in der Zwischenzeit erfahren hatte; sie ähnelte der Rissstelle in einem Plastikrohr, unansehnlich und scharf. Als ich näherkam, verfing sich mein Hemd an einer der oberen Kanten, sodass ich hin- und herpendelte und versuchte, den möglichen Aufprall gegen eine der Rohrwände mit bloßen Händen abzuwehren. Ich fragte mich, warum die immensen Wassermassen des Ozeans nur noch als dünner, schmutziger Kloakenstrahl auf den Müllberg troffen, den sie, wenn ich genau hinhörte, gar nicht einmal erreichten.

Ein Ruck zeigte mir an, dass der Hemdstoff dort, wo er eingeklemmt war, nachgab und riss. Mit einer Drehung des ganzen Körpers wechselte ich die Richtung, während ich mich durch Schwimmbewegungen fortstieß. Als das Sonnenlicht auf mein Gesicht fiel, hatte ich die Mündung überwunden, und um nicht ein zweites Mal abzustürzen, sprang ich behände ins Meer zurück.

Haltlos

Die Reisende

Dezent klimperte der Schlüssel in die Jackentasche. Vorbei, endlich vorbei, dachte ich: Ein Tag voller Telefonate und eiliger Erledigungen, deren Notwendigkeit immer erst in letzter Minute aufpoppte, eingezwängt in widersprüchliche Verantwortungen und gespickt mit belanglosen, aber häufigen Ärgernissen über die Anlaufprobleme mit der neuen Breitbandverkabelung war zu Ende.

Erleichtert wandte ich mich zum Gehen und überlegte, ob ich mit etwas Beeilung den früheren Bus erreichen konnte, doch dann stutzte ich. Bedächtig verlagerte ich das Gewicht von einem Bein auf das andere und danach wieder zurück, wankte wie in einem Zeitlupendreh hin und her, ohne mich für eine bestimmte Aktion zu entscheiden. Verunsichert neigte ich den Kopf zur Tür, ohne diese zu berühren, und schloss die Augen, wie ich immer tat, wenn ich mich auf etwas konzentrierte. Das Zimmer war leer gewesen und ich hatte alles gründlich geprüft, die Beleuchtung der Schreibtische, den Drucker, bei dem es darauf ankam, die Scanvorrichtung zu deaktivieren, weil sie dazu tendierte, sich über Nacht unmäßig zu erhitzen; das Fenster war geschlossen und sogar die Monitore der Kollegen hatte ich ausgeschaltet. Da gab es nichts Ungewohntes zu entdecken, und doch glaubte ich nun Geräusche zu hören, die auf keinen Fall von der Straße stammten. War mir tatsächlich etwas entgangen? Die tägliche Routine konnte einem schon einen Streich spielen und über sonst Wichtiges hinwegsehen lassen, allerdings wähnte ich mich dagegen einigermaßen immun. Hatte ich etwa einen Kollegen eingesperrt? Unsinn, die waren alle bereits fort und jeder Eingesperrte würde mir längst giftige Flüche durch die geschlossene Tür zuschleudern. Einbildung? Dazu hatten die Geräusche viel zu echt geklungen. Ergo: lieber nachsehen; vielleicht hing es ja mit dem Computer zusammen, den ich nicht abgeschaltet hatte, möglicherweise lief im Hintergrund irgendein Programm, das erst jetzt Töne über die beiden neuen Aktivboxen ausspuckte.

Also den Schlüssel wieder aus der Tasche herauszupfen; das nervte ungemein! Ich hasste es, etwas im Büro zu vergessen und dann noch einmal zurückkehren zu müssen, ebenso wie ich es nicht leiden konnte, Schlösser x-mal auf- und zuzusperren.

Ich öffnete die Tür, trat ein und drehte das Licht an. Freilich fand ich das Büro exakt so vor, wie ich es verlassen hatte: die Jalousien heruntergelassen, alle Schreibtischlampen ausgeknipst, den dunklen Kaffeefleck auf dem Teppich, den mein lieber Kollege erst gestern hinterlassen hatte, den Kopierer abgedreht und die Lämpchen des Computers grün leuchtend, da ich ihn aus Bequemlichkeit nächtens durchlaufen ließ. Schon wollte ich umkehren, als eine Bewegung aus der Druckerecke, die trotz der Beleuchtung immer im Halbdunkel lag, meine Aufmerksamkeit erregte. Völlig überrascht stellte ich fest, dass dort, auf dem Schemel, den ich zumeist als Papierablage nutzte, eine junge Frau saß, die mir, dessen war ich ganz sicher, noch in keinem der Büros über den Weg gelaufen war.

Wohl wissend, dass ich sie erst jetzt bemerkt hatte, hob sie die Hand und winkte ansatzweise, wobei ein Ausdruck von Verlegenheit über ihre Gesichtszüge huschte. Was sie hier mache, fragte ich brüsk, und ob sie für die Firma tätig sei, weil wir uns nämlich noch nie begegnet waren. Sie verzog einen Augenblick den Mund, hob das Kinn und verneinte wortlos. Das heißt, wandte sie ein, eigentlich handle es sich ja um zwei unterschiedliche Fragen, die ich ihr gestellt hätte, aber zumindest die zweite könne sie wirklich guten Gewissens mit Nein beantworten.

Nach einem kurzen Schweigen, das die Szenerie in eine unwirkliche, beinah beklemmende Atmosphäre tauchte, zuckte ich mit den Schultern und wiederholte meine Frage nach dem Zweck ihres Hierseins. Die Frau winkte ab und murmelte, dies sei eine lange Geschichte und ich habe wohl kaum Lust, ihr die ganze Nacht über zuzuhören, noch dazu, wo sie die Erfahrung gemacht hätte, dass ihr sowieso nicht geglaubt werde, wenn sie tatsächlich mit der Wahrheit herausrückte.

Ich wusste nicht recht, wie ich auf ihre Abwehr reagieren sollte, empfand aber auch leisen Spott in ihrer Stimme und überlegte, ob ich mir ein späteres Heimkommen erlauben konnte, bevor ich ihr zunickte, die Tür hinter mir schloss und sagte, dass mich die Wahrheit nicht schrecke und ich im Gegensatz zu ihrer Vermutung sehr wohl daran interessiert sei, wie sie ihre für mich überraschende Anwesenheit begründete. Immerhin, merkte ich an, war ich überzeugt gewesen, ein menschenleeres Zimmer abzuschließen.

Sie nickte und bot mir Platz an, woraufhin ich mich auf meinen eigenen Bürostuhl setzte und gar nicht erst überlegte, warum mir ihre Geste deplatziert vorkam. Ich hätte schon recht, begann sie, denn das Zimmer sei tatsächlich leer gewesen, als es abgesperrt wurde, und meine Regung, gegen den Widersinn ihrer Worte zu protestieren, stoppte sie mit einer abwehrenden Handbewegung. Sie selbst sei nämlich erst danach angekommen, sozusagen während der letzten Umdrehung meines Schlüssels, die sie eben noch vernommen hatte. Natürlich gab es keine Intention, mich noch einmal zurückzuholen, und überhaupt lag es nicht in ihrem Interesse, jemanden nach aufreibenden Bürostunden am Heimgehen zu hindern, doch trotz Ihres ruhigen Verhaltens waren gewisse verräterische Geräusche, die mich letzten Endes auch hergelockt hatten, unvermeidlich gewesen, weil sie im Dunkel des Zimmers über einen Papierstoß Fehldrucke gestolpert war, den ich, wie mir einfiel, achtlos auf dem Boden gelassen hatte. Dort lag er nun flächig zerstreut.

Normalerweise interessierten sie ja die großen Konzerne, deren Zentralen rund um den Globus saßen, und mit etwas Fingerspitzengefühl war es ein Leichtes, genau dorthin zu gelangen, wohin sie es wünschte. Die kleinen Firmen standen sich aber dazwischen, quasi auf dem Weg, und manchmal hatte sie durchaus Spaß daran, diese nicht einfach zu ignorieren, sondern ihnen einen überraschenden Besuch abzustatten, um zu erfahren, wie die kleinen Leute am Wegrand lebten. Einen Augenblick hielt sie inne, sah mich an und begann zu schmunzeln, vermutlich wegen meines Gesichtsausdrucks, einer gewiss unzweifelhaften Bestätigung dessen, dass ich nicht die geringste Ahnung hatte, wovon sie sprach.

Nun ja, meinte sie, während alle Welt vom Internet redete und jeder wisse, wie großartig und weitläufig dieses planetare Netzwerk bereits in die kleinsten Haushalte und ländlichsten Orte vordrang, überlegte selten jemand, auf welch fantastische Weise die technologischen Möglichkeiten genutzt werden konnten, um nicht nur den viel zitierten geistigen, sondern auch einen völlig handfesten materiellen Horizont zu erweitern. So beliebt das Reisen auch war, so hartnäckig blieben Ideen, den elektronischen Datenfluss als modernes Transportmittel einzusetzen, im Verborgenen. Sie strich eine Haarsträhne aus dem Gesicht, atmete tief ein und meinte, auch ich hätte sicherlich noch keinen Gedanken an eine Abzweigung ins elektronengestützte Straßennetz verschwendet.

Zwar regte sich ein gewisser Widerspruch in mir, doch wagte ich kein Wort entgegenzusetzen, denn ihr Vertrauen darauf, recht zu behalten, war angebracht. Stumm lauschte ich, wie sie von jenen Tagen erzählte, an denen der Gedanke, das Surfen im Internet wörtlich zu nehmen, heranreifte. Vom Gedanken zur Tat war nur wenig Zeit geflossen, sie konnte sich kaum mehr daran erinnern, wie rasch die Begrenzungen ihres Zimmers, in dem sich ihr Notebook befunden, abgestreift wurden. Jedenfalls gedieh ihre ursprünglich arglose Inspiration zu einem grandiosen Abenteuer, das sie beinah schon als ihren eigentlichen Lebensinhalt betitelte, zumal sie mit Vorliebe verlautbarte: Was andere Frauen an den Beinen trugen, trüge sie im Herzen.

Ganz anders als ihr bisheriges Leben fühlte sich das Reisen im Datenstrom an, den sie als Äquivalent der elektronischen Weltbevölkerung bezeichnete. Besonders lustig fand sie die Burschen, die sich täglich von den PCs der Schule aus einschleusten und mit ihren Brettern an den höchsten Wällen entlangsurften, um Öffnungen zu entdecken, von denen aus sie die Netze der bekannten Spielehersteller durchforschten. Allein vom Zusehen werde man hungrig, meinte sie, unterbrach sich plötzlich und sog hörbar die Luft in die Nase. Einen Augenblick vermeinte ich zu sehen, wie sie mit der Zungenspitze über die Oberlippe strich, als sie tief seufzte, ohne mich dabei anzusehen.

Mit einem Mal etwas verlegen, dass ich ihr noch nicht einmal zu Trinken angeboten hatte, räusperte ich mich und fragte, ob sie etwa Hunger hätte. Sie musterte mich und nickte bedächtig. Nun überlegte ich, denn eine Küche gab es in unserem Büro nicht und wir hatten keine Essensvorräte, derer ich mich hätte bedienen können. Allerdings, warf ich ein, besaß ich eine Schublade voller Schnitten, Schokoladen und anderer kleiner Leckereien, mit denen ich mir meinen Arbeitstag zu versüßen pflegte. Wenn sie wolle, könne sie gern davon haben, wobei ich ihr mit Freude Gesellschaft leisten würde. Lediglich bei den Getränken sähe es bescheiden aus, denn alles, was ich ihr bieten konnte, bestand aus einem riesigen Kunststoffkanister frischen Quellwassers, das die Firmenleitung eigens aus den Alpen herbringen ließ, um keinen Mitarbeiter auf dem Trockenen sitzen zu lassen. Der Gedanke, dass die Frau vor mir, aus dem Internet stammend, mehr aus Halbleitern und Elektronen als Fleisch und Blut bestehen könnte, blitzte nur sehr kurz auf, denn bei jedem meiner Worte schien sie vehementer zu nicken und ich ließ keine Sekunde mehr verstreichen, bevor ich die Lade öffnete und herausräumte, was mir für die abendliche Szenerie opportun erschien.

In den ersten Minuten sprach sie kein Wort, sondern kaute Schokoriegel, Cremeschnitten und Karamellbonbons, strich mit den Fingern jedes Schokoladepapier völlig glatt,

60

bevor sie es Kante auf Kante über das vorige legte und den nächsten Leckerbissen aus meinem Angebot herausklaubte. Eine dunkle Haarsträhne war über ihr Gesicht gefallen, hing über das rechte Auge bis über den Mund und zeigte, in einer krausen Kurve endend, auf das Grübchen zwischen Unterlippe und Kinn. Sie schien mir buchstäblich ausgehungert und zudem hatte ich den Eindruck, sie wäre es gewohnt, Süßigkeiten als Nahrungsersatz zu sich zu nehmen. Während sie eine der Haselnussstangen aß, von denen ich jederzeit größere Mengen in meinem Schreibtisch lagerte, weil sie großartig schmeckten, langgezogene Rollen aus Oblaten, gefüllt mit Haselnussmasse und zur Gänze in zarte Bitterschokolade getränkt, spielte sie mit der Hand an ihrem linken Ohrläppchen, an dem ich zwar eine winzige Lochung für Ohrringe, aber keinen Schmuck erkennen konnte. Im Grunde, meinte sie schmatzend, sei es ja eine Art Ersatzhandlung, denn sie könne nicht leugnen, dass sie auf ihren Reisen durch die globale Vernetzung auf gewisse Annehmlichkeiten des Lebens verzichten musste. Als sie ein größeres Stück Schokolade hinunterschluckte, nickte sie nachdrücklich, tippte mit dem Zeigerfinger auf eine Packung Zitronenschnitten im Kokosmantel und sagte, sie könne sich beim besten Willen nicht entsinnen, jemals etwas derart Deliziöses in irgendeinem Winkel des sonst mit jeglichen Gedankensprüngen überbordenden Netzwerkes angetroffen zu haben. Erst jetzt fiel mir auf, wie grazil ihre Finger und die Rundungen ihrer Nägel waren, ihre Handgelenke die lose sitzenden Ärmel dirigierten und der bläuliche Stoff ohne zu knittern zu einem etwas überdimensionierten Kragen zusammenlief; mit verstohlenem Blick suchte ich ihren Brustansatz, der unscheinbar zwischen den halb geschlossenen Knöpfen ihrer Bluse hervorlugte und mir augenblicklich eine gewisse Mühe beim Atmen bescherte. Für die plötzliche Schwüle machte ich den feinen Duft ihres Parfums verantwortlich, der sich ganz unbemerkt im Raum verbreitet hatte. Mit einer zustimmenden Handbewegung lenkte ich von meinen in freche Wachträume hinübergleitenden Gedanken ab, schluckte nervös und fragte, ob sie nicht noch ein wenig Wasser wünsche. Sie lehnte mit einem sanften Kopfschütteln ab, das ihr dunkles, im Schein der Schreibtischlampe matt glänzendes Haar lockig durcheinanderwirbelte.

Wie eigentlich der Anfang aussah, der Beginn einer solchen Reise, fragte ich nun, da ich mir bisher keine Gedanken über die Verbindung gemacht hatte, die zwischen ihr als Person und den miniaturisierten Verdrahtungen und jedes Übertragungsmedium nutzenden Datenpaketen bestehen musste, damit sie auch tatsächlich verwirklichte, was sie erzählte. Lediglich mit dem Kopf auf das Computergehäuse deutend meinte sie, es sei eigentlich ganz leicht. Jedes offene Laufwerk und die ganze Palette verfügbarer Schnittstellen seien nützlich, von Diskettenstationen und CD-Laufwerken über LAN-Anschlüsse hin zu USB-Schnittstellen, da mache es keinen Unterschied, ob man nur einen Speicherstick anschließe oder gleich den großen Sprung in die Welt der Bits vollziehe. Etwas verwundert beugte ich mich vor, um zu prüfen, ob irgendwelche Kratzspuren oder andere Beschädigungen am Diskettenlaufwerk oder an den USB-Buchsen zu entdecken waren, als sie meine Intention bemerkte und hell auflachte. Keine Angst, erklärte sie mit samtiger Stimme, sie passe immer gut auf, da sie keine Lust hatte, die Komponenten jener, die sie besuchte, zu beeinträchtigen oder gar zu zerstören. Überdies wisse sie, dass nur das einwandfrei funktionsfähige Interface als fehlerlos arbeitendes Tor zu verwenden war. Völlig einleuchtend, gab ich ihr recht und verfing mich mit den Blicken zusehends an ihrem Halsansatz, während ich darüber staunte, wie fein die Linien ihres Körpers im sonst so harschen Licht der Zimmerbeleuchtung standen. Völlig undenkbar, dahinter Dioden zu vermuten, Leiterbahnen oder winzige Transistoren, deren unendliche Verkettung die glatte Linie eines Haars formten. Den Geruch von Schokoladebananen hatte ich in der Nase, während ich mir vorstellte, wie ich mit meiner Wange sehnsüchtig ihren Hals entlangglitt und den Duft ihrer Haut langsam und mit geschlossenen Augen einsog, so, als gäbe es im ganzen Universum nichts, was ich lieber röche.

Oh, es ist spät geworden, riss sie mich aus meiner Vision, legte das letzte Stück Schokoladepapier auf den bereits beachtlich angewachsenen Stoß und stand auf. Es läge ihr fern, meine Zeit noch länger in Anspruch nehmen, immerhin hätte ich ein Anrecht auf einen ruhigen Feierabend und sie wolle niemals Ursache versäumter Vergnügungen sein. Perplex und völlig unfähig ihr mitzuteilen, dass ich mir kaum einen größeren Genuss vorzustellen vermochte, als auch nur eine einzige Minute mit ihr zusammen zu verbringen, erhob ich mich ebenfalls und fragte unbeholfen, was sie denn jetzt vorhätte, so spät in der Nacht. Ach, meinte sie, die Uhrzeit habe schon lange keine Bedeutung mehr für sie und, setzte sie verschmitzt hinzu, ich könne mir gewiss schon denken, auf welche Weise sie wieder von hier verschwinden würde. Darauf war ich in der Tat schon neugierig, doch als hätte sie meine Gedanken erraten, winkte sie ab und wies darauf hin, dass sie prinzipiell den Weg ins Netz immer nur alleine antrat und dabei auch kein Publikum zuließ. Damit wäre sie immer ausgezeichnet gefahren und sie wolle keinerlei Ausnahmen dulden. Achselzuckend fügte ich mich.

Sie bedankte sich mit einem Lächeln für die Bewirtung, die mir in diesem Moment völlig unbedeutend vorkam, warf mit einer Kopfbewegung ein paar Haarsträhnen über die Schulter und hob die Hand zum Abschiedsgruß, während ihr Blick sich mir so tief einprägte, dass ich vermeinte, plötzlich einen die Atmung erstickenden Schmerz in der Brust zu verspüren. Wortlos und geradezu überrumpelt wich ich vom Tisch, vermeinte fast, geschoben zu werden, tappte rückwärts aus dem Zimmer, öffnete und schloss die Tür überaus behutsam, als wollte ich ihre Abreisevorbereitung nicht stören. Automatisch steckte ich den Schlüssel ins Schloss und ich war mir nicht sicher, ob es aus Höflichkeit oder Dummheit geschah, dass ich mich wie versprochen aus allem heraushielt und den Schlüssel doppelt herumdrehte. Gleich darauf jedoch, nach einer Sekunde unerträglichen Wartens, in der mir eiskalter Schweiß aus allen Poren ausbrach, sperrte ich wieder auf, drückte die Klinke nieder und stieß so heftig gegen die Tür, dass sie gegen den dahinterstehenden Aktenschrank knallte.

Niemand befand sich im Zimmer, obwohl sich auf meinem Platz nach wie vor die sorgfältig übereinandergestapelten Schokoladeverpackungen türmten. Panikartig setzte ich mich zum Computer, rief die Anmeldemaske auf und tippte mein Passwort ein, um die Bildschirmsperre aufzuheben, irrte mich wiederholt und fluchte leise, bis ich endlich die gewohnte Arbeitsoberfläche vorfand und rasch meine Startwebseite lud, ohne eigentlich zu wissen, wonach ich forschte. Eine Suchmaschine nach der anderen holte ich in den Browser, stets im Bewusstsein, weder ein passendes Schlagwort noch irgendein anderes Suchkriterium zu kennen, das geeignet gewesen wäre, das vollständige Scheitern meiner Bemühungen abzuwenden. Kurioserweise dachte ich an ein Fischernetz, eines mit Gewichten, welche die Enden gemächlich aber bestimmt herabzogen, ich dachte an einen geschickten Wurf über den Computer und die Freude des Fischers, wenn er seinen Fang in den Kutter zog. Aber jedes Netz, wurde mir mit einem Mal klar, bestand aus Maschen, und so winzig diese auch geknüpft waren, blieb immer ein Weg zum Entweichen.

Mein Herzschlag beschleunigte, als ich die Hände von der Tastatur nahm, einen Augenblick überlegte und dann das DVD-Laufwerk öffnete. Weder zeigte der PC Spuren einer ungewöhnlichen Nutzung noch hatte ich an den Programmen Änderungen irgendwelcher Art feststellen können. Verunsichert sah ich mich im Raum um, hoffte, irgendwo ein offenes Fenster vorzufinden, um im letzten Moment hinzustürzen und ihr ein paar Worte nachzurufen, bevor sie endgültig hinter einer Hausecke verschwand, doch im Grunde war ich mir der Narrheit meines Ansinnens völlig bewusst.

Den Stuhl schob ich beim Aufstehen nach hinten, und ich versuchte mir ihre Worte präzise in Erinnerung zu rufen: Jedes offene Laufwerk und die ganze Palette verfügbarer Schnittstellen seien nützlich, jedes offene Laufwerk, und ich fühlte mich vielfach bestätigt, dass ich beim Kauf der neuen

Hardware so sehr auf die Inkludierung guter DVD-Lesegeräte geachtet hatte. Obwohl mir jeder weitere Gedanke geradezu irrwitzig vorkam, schloss ich einen Moment lang die Augen und atmete ganz tief ein. Danach holte ich mit den Armen Schwung und sprang quasi aus dem Stand auf den herausstehenden Wagen des Laufwerks.

Au! Das Getöse war ein paar Sekunden später wieder verklungen, das ganze Gehäuse umgestürzt, der Wagen des DVD-Laufwerks natürlich abgebrochen und in irgendeine Ecke des Zimmers geflogen. Trotz der nach wie vor leuchtenden Lämpchen schien es mir irgendwie ruhiger. Der Bildschirm war offensichtlich ausgefallen und schließlich verstand ich, dass die Festplatte versagt hatte: Headcrash. Die Vorstellung des Lesekopfreibers machte mir klar, dass ich nur mehr jene Daten besaß, die ich in der Vorwoche auf Band gesichert hatte.

Der rechte Knöchel schmerzte, und ich zog das Hosenbein hoch. Hoffentlich war nichts gebrochen! Die Spitze eines kleinen Plastikteils steckte in der Haut. Ich zog sie heraus und warf das Teil achtlos auf den Teppich. Jede Energie, die noch in meinem Körper saß, verpuffte nun, was mir ein wachsendes Gefühl auszuufern drohender Leere vermittelte. Ich stand auf, rollte den Stuhl zum Tisch und setzte mich. Ein schaler Geschmack machte sich im Mund bemerkbar – ich hatte den ganzen Abend nichts gegessen. Zufällig berührte ich mit der Hand die leeren Schokoladefolien. Als ich begann, die oberste, die in einem fahlen Violett schimmerte, ganz langsam, ja beinah zärtlich, glatt zu streifen, erinnerte ich mich daran, wie ihre schlanken, zierlichen Finger desgleichen getan hatten. Allmählich begriff ich, dass sie mir nicht einmal eine elektronische Spur hinterlassen hatte, und jeder zukünftige Bericht über das inzwischen vergangene Gespräch, dachte ich, war bereits im Vorhinein als Fantasterei abgetan, während ich für das zerbrochene DVD-Laufwerk und die ruinierte Festplatte dringend eine gute Ausrede benötigte. Nicht ohne eine gewisse Resignation lehnte ich mich zurück.

Wenn ich die Augen zukniff, fühlte ich ihre Anwesenheit, hörte ihren Atem und ihr helles Lachen, roch den verlorenen Duft ihres Parfums und sah ihr Gesicht ganz dicht vor mir; da beschloss ich, um es möglichst lange nicht aus dem Gedächtnis zu verlieren, noch ein Weilchen sitzen zu bleiben.

Fortlauf

Die Lider wurden schwer, doch ich dachte daran, wie oft dies schon eingetreten war, und immer hatte es eine Möglichkeit gegeben weiterzukommen, denn ich übertauchte die Müdigkeit, fand neuen Ansporn und lief, ohne ans Ausruhen zu denken, ja, ich musste laufen, denn Laufen war alles, was ich konnte und was von mir erwartet wurde, das Laufen hielt alles am Leben, es bestimmte den Fortgang der Geschichte, für den ich mich verantwortlich fühlte, alles hing von mir ab, das heißt: Alle hingen von mir ab, und ich wusste, nur wenn ich lief, war ihr Weiterbestand gesichert, der Weiterbestand von allem, das mir etwas wert war, denn Leben kam mir wie ein billiges Schlagwort vor, das niemand verstand, der an seiner Entwicklung nicht teilhatte, das Leben brauchte einen Antrieb, etwas, wodurch es an seinem Weiterkommen festhielt, einen steten Schub, für den ich mit meinem Laufen sorgte, schon von alters her, eigentlich solange ich zu denken imstande bin, denn ich wusste: »Ich laufe, also bin ich« und musste lächeln, denn irgendwo hatte ich diesen Satz schon einmal gehört, auch wenn mir Ort und Zeit bereits entfallen waren, also fasste ich meine Gedanken noch einmal zusammen und konzentrierte mich auf die Kraft, die ich benötigte, um den Tag zu schaffen, auf die Ausdauer, die mir jedes Mal half, die ganze Nacht hindurch wach zu bleiben, ich fühlte mich fest entschlossen, meine Berufung immerzu auszuüben, ohne darüber nachzudenken, wie es weiterginge, wenn ich eines Tages nicht mehr in der Lage sein sollte, meinen Auftrag zu erfüllen, dessen Wichtigkeit mir ohne Unterlass vor den Augen stand, und so versuchte ich, mich auf die Schritte zu konzentrieren, von allen anderen Gedanken abzulassen und nur noch zu fühlen, wie ich mich bewegte, die Beine zielstrebig ihren Weg fanden, die Arme den Rhythmus des Steuerns unterstützten, doch je länger ich anspannte, desto klarer wurde mir, dass ich abzuschweifen begann, nicht mehr ausschließlich auf die Schritte achtend den Kopf mal nach links mal nach rechts drehte, und ich dachte an die Zukunft, die hoffentlich noch fern lag, ich dachte an jenen Tag, an dem meine Kraft aussetzen würde, die Muskeln nachgeben und mein Körper zusammensacken mussten, an jenen Tag, an dem ich trotz der Überzeugung, alles für den Fortlauf der Geschichte zu geben, ermüden und zusammenbrechen würde. Denn dies, dachte ich, wäre das Ende des Universums.

Lyrisch

Genau genommen begann unsere Geschichte mit einem
Haiku. Ein paar Tage vor der geplanten Lesung juckte es
mich, meine Nachbarn wachzurütteln und auf die Veranstal-
tung hinzuweisen, denn vielleicht, fantasierte ich, verirrte
sich ja doch jemand Wichtiger in das kleine Café an der
Ecke, um sich ein paar Gedichte und Erzählungen anzuhören
und mich in Zukunft mit anderen Augen zu sehen. Für die
Ankündigung schien mir die Tafel im Eingangsbereich ideal
und so klebte ich neben Namensschildern und Annoncen
der umliegenden Handwerker meine bunte Einladung hin,
deren Mitte, quasi als kleine Kostprobe, das bewusste Haiku
zierte, welches eigentlich deutliche Merkmale der profaneren
Senryu-Form trug. Die drei Zeilen hießen *die Augen drän-
gen/sehnsuchtsvoll entflammt die Gier/zu schwülem Lodern*,
passend zu den bald kommenden Sommertagen, und ich
dachte, dass dieser Text auch einem Literaturunkundigen
reichen sollte, entweder sein Interesse oder seine Abscheu zu
entdecken.

Lidija war mit ihrer Familie im März eingezogen. Ein
Ehepaar mit zwei Kindern und ein kroatischer Nachname,
wie ich an der Anschlagtafel im Erdgeschoß bald feststellte.
Ein paar Tage nach dem Einzug begegnete ich der neuen
Hausbewohnerin. Die beiden Mädchen stürzten aus dem
Aufzug, dessen Tür ich öffnete, und dahinter trat ihre Mutter
heraus. Instinktiv wich ich einen Schritt zurück, erwiderte
ihr Nicken mit Gleichem und hielt die Luft an, als ich in ihre

70

Augen blickte. Wir wechselten kein einziges Wort, und als sie an mir vorbeischritt und mich mit einem verstohlenen Seitenblick maß, drängte sich mir das Gefühl auf, ein leiser Rausch aus Parfum und angedachter Berührung flöge an mir vorbei und drehte meinen Kopf zum Ausgang, wo draußen zuerst die Kinder und dann ihre Mutter hinter der Gebäudekante verschwanden.

Danach verdrängten leidige berufliche Verpflichtungen das Ereignis aus meinem Gedächtnis, doch als ich eine Woche nach dem Anbringen der Einladung vom Einkauf zurückkam, stand Lidija vor dem Aufzug und öffnete. Ich wusste nicht, ob sie die Einladung gelesen hatte, fand jedoch nicht den Mut, sie darauf hinzuweisen. Bisher war noch keine Möglichkeit eines näheren Bekanntwerdens aufgetaucht, und sogar ihren Vornamen hatte ich bloß zufällig aufgeschnappt, als ich nämlich ihr und ihrem Mann – beide in ein Gespräch vertieft – im Hof begegnet war; vom Inhalt verstand ich zwar nichts, da sie miteinander immer kroatisch sprachen, aber der Name war ganz deutlich herausgeklungen. Insgeheim überlegte ich, wie ich diese drei Silben in ein kurzes Gedicht verpacken könnte, bis mir auffiel, dass sie noch kein Stockwerk gedrückt hatte, weil sie, auf einen Hinweis von mir wartend, meine Etage nicht kannte. Ich sprudelte heraus, dass ich einen Stock höher wohnte, fühlte meine Wangen erröten und präzisierte, im fünften. Dann fuhren wir los.

Als sie mich anschaute und mit einem leichten slawischen Akzent bemerkte, es fehle der Hinweis auf ihren eigenen Blick, reagierte ich verdutzt und begriff erst allmählich, dass sie nicht nur den Einladungstext gelesen hatte, sondern ganz genau wusste, ja keinen Moment daran zweifelte, dem Autor persönlich gegenüberzustehen. Und dann setzte sie mit einer eigenartig beschwichtigenden Stimme fort, es sei schließlich, und dabei zwinkerte sie, sehr fleischlich. Bevor ich ein Wort erwidern konnte, wandte sie sich ab, machte die Tür auf und stieg aus dem Lift. Beinah erschrocken fuhr ich weiter. Nachdem ich mich in der Wohnung auf einen Stuhl gesetzt hatte, ohne die Schuhe auszuziehen, resümierte ich das Gehörte und stellte trocken fest, dass sie vom Unterschied zwischen Haiku und Senryu wusste. Warum sie allerdings ihre eigene Person, ihren eigenen Blick in unser Gespräch genommen hatte, diesen in eine Relation zu meinem Gedicht stellte, vermochte ich nicht zu beantworten; ich zog sogar eine sprachliche Ungenauigkeit der Kroatin in Erwägung, doch bei dem Gedanken an Lidijas Blick wurde mir heiß.

Danach kam es eine ganze Weile zu keiner neuerlichen Begegnung; ich hatte ziemlich viel um die Ohren und beschäftigte mich intensiv mit einem neuen Projekt, das schon in der Anfangsphase drohte, meine Zeit zur Gänze aufzusaugen, und kümmerte mich nicht einmal um die Auswahl der Texte, die ich im Café vortragen wollte. Eines Tages verließ ich dann, wie üblich, die Wohnung, um einen Kunden zu besuchen, stieg in den Aufzug und merkte rasch, dass er wieder einmal die Stockwerke abklapperte, um gemäß seiner gut justierten Steuerung die Wartenden einzuklauben. Genau genommen stieg ich in eine leere Kabine und anschließend folgte ein Zwischenhalt im vierten Stock, wo Lidija zustieg. Im ersten Moment sah sie mich gar nicht, sie trug einen übermäßig angehäuften Wäschekorb vor der Brust und drückte die Taste für den Keller, wo sich auch die allen Hausparteien zugängliche Waschküche befand. Erst als wir hinabfuhren, drehte sie den Kopf schlagartig zu mir und grinste mich an. Sonst nichts. Kein Wort, kein Gruß, lediglich das Erkennen in ihren Augen, dem ich nicht abzulesen wagte, ob ihr das Wiedersehen willkommen oder gar zuwider war. Und ich, in meiner typischen Verlegenheit, die mich immer dann am Kragen packte und kräftig durchschüttelte, wenn ich es gewissermaßen am allerwenigsten brauchte, starrte sie an und schwieg, als wäre mir unter Mordandrohung ein Schweigegelübde auferlegt. Der Stopp im Erdgeschoß ließ uns beide ein paar Zentimeter in die Knie gehen, um den Ruck abzufedern. Bevor ich jedoch hinaussteigen konnte, stellte sie den Korb ab und stieß die Tür auf, um mich vorbeizulassen. Verwundert über die ungewöhnliche – und angesichts der Situation aufwendige – Zuvorkommenheit trat ich vor, musste mich jedoch so knapp an ihr vorbeiwinden, dass ich nicht umhinkonnte, mit meinem Gesicht ihren Arm zu berühren, ganz vorsichtig, zaghaft und zurückzuckend, als wollte ich mich gleichzeitig für die ungehörige Nähe entschuldigen. Für einen Wimpernschlag nur schloss ich die Augen, als der Duft ihres Parfums in meine Nase drang und wie mit einem weichen Handballen über mein Antlitz strich. Draußen wandte ich mich zurück und glaubte das Spiel eines versteckten Schmunzelns in ihren Mundwinkeln zu erkennen, bevor die Kabinentür zuschlug und mich allein vor dem Lift zurückließ. Tief durchatmend begab ich mich langsam aus dem Flur auf die Straße, während ich noch hörte, wie Lidija im Kellergeschoß die Waschküchentür aufschloss.

Das in meinem Gedächtnis sich allmählich festsetzende Bild ihres Mienenspiels, die unscheinbare Bewegung, ihre Nähe, sogar der Duft, den ich weniger auf ein vielleicht französisches Parfum denn auf die Frau selbst bezog, bannten mein Denken und beeinträchtigten jede Konzentration. Dass mir tagsüber in meinem Projekt dennoch kein grober Fehler unterlief, verdankte ich lediglich der Routine und einer gewissen Fähigkeit, mein Inneres nach außen hin völlig abzuschotten, auch wenn darin gewaltige Stürme tobten. Jeden Tag hoffte ich auf eine neuerliche Begegnung und ärgerte mich über meine eigene Torheit, wenn ich mit dem Aufzug mehrmals hin- und herfuhr, ohne dass etwas geschah. Indessen rückte mein Veranstaltungstermin immer näher; die Lesung war für den kommenden Freitagabend angesetzt. So mied ich das Wochenende und konnte darauf hoffen, dass die meisten Zuhörer ihre Arbeitswoche bereits abgeschlossen hatten. Die hintere Stube war reserviert und ein großformatiger Karton, den ich am Nachmittag vorbeibrachte, kündete auf einem vor der Tür platzierten Stuhl vom literarischen Ereignis, in das ich anfänglich sehr große Hoffnungen gesetzt hatte. Inzwischen war mir natürlich klar geworden, dass dieser Abend meinen schriftstellerischen Ambitionen wohl keinerlei nachhaltigen Erfolg bescherte. Allerdings war die alte Erwartung einer neuen gewichen, nämlich der, Lidija im Publikum zu finden. Zu diesem Zweck hatte ich eine ganze Reihe von Gedichten und kurzen Prosatexten mitgebracht, die ich gleichsam allein für sie lesen wollte – obwohl natürlich auch alle andern zuhören würden –; eine verschämte Finte, ihr auf vordergründig unverdächtige Weise etwas von mir mitzuteilen, ihr etwas zu sagen, das auszusprechen ich mich in einer anderen Situation niemals getraut hätte. Die Reihenfolge der Texte hatte ich sorgfältig zusammengestellt, unter Bedachtnahme auf eine Art inneren Aufbau, den es, vom Chronologischen her betrachtet, gar nicht gab.

Zum angesetzten Beginn waren erst fünf Leute zugegen, zwei Kollegen aus der Firma, einer mit Freundin, sowie ein Ehepaar, das ich nicht kannte. Nachdem ich den Kollegen lautstark ein wenig von meinen nächtlichen Schreiberlebnissen erzählt hatte, stand das Ehepaar auf und verließ den Raum, denn sie hatten, wie ich nun erfuhr, lediglich die falsche Stube betreten. Im ersten Moment etwas betroffen, lockerte sich meine Stimmung, als nach zehn Minuten mehrere Personen eintrafen – ein paar von ihnen tatsächlich aus dem Wohnhaus – und ich mit der Lesung begann. Lidija war indes nicht erschienen und ich reihte ein paar Texte vor, die ich ursprünglich später oder vielleicht überhaupt nicht präsentieren wollte, um den eigentlichen, den wichtigen Auftritt erst in ihrer Anwesenheit zu gestalten. Ich las ein Gedicht nach dem anderen, zauberte ein paar haarsträubende Grotesken aus dem Ärmel und schenkte so meinem Publikum, wonach ihm der Lachsinn stand. Allmählich geriet die Auswahl meiner Texte immer konfuser und ich kam regelrecht durcheinander, begann ein zweites Mal eine Kurzgeschichte, die ich bereits vorgetragen hatte, hielt inne, entschuldigte mich mit einem Anflug von Verlegenheit und blätterte ein paar Sekunden still in meinen Manuskripten, inständig darauf hoffend, dass die Tür aufginge und Lidija hereinstolzierte.

Eine halbe Stunde später hatte ich mich damit abgefunden, dass sie nicht kommen würde. Ob ihr das Gedicht auf der Anschlagtafel nicht gut genug schien, der Einladungstext zu wenig griffig formuliert war oder meine heimliche Begierde Schuld trug – ich wusste es nicht. Das Vorlesen machte mir keine Freude mehr, ich leierte noch ein paar Texte herunter, las viel zu schnell weiter, wenn die Zuhörer lachten, und reagierte auf abschließende Fragen geradezu mechanisch. Ein voller Reinfall, dachte ich, denn ohne Lidija schien mir der ganze Abend nun völlig sinnlos. Verplemperte Zeit, die ich anders viel besser hätte nutzen können. Mit den Kollegen verbrachte ich noch eine Stunde belanglos plaudernd bei einem Glas Wein, das mir kaum schmeckte, und dann packte ich mein Papier zusammen und trollte mich.

Die kühle Nachtluft tat mir gut; sie hatte etwas Tröstendes. Ich verlangsamte meinen Schritt, um das plötzliche Alleinsein noch etwas zu genießen, denn zwischen Kaffeehaus und Wohnung lagen bloß zwei Häuser.

Mit der Linken sperrte ich das Haustor auf und schlurfte nachlässig und gedankenverloren zum Lift. Dort allerdings schrak ich zusammen, als ich Lidija antraf. »Hi!«, grüßte ich abgehackt und schämte mich im selben Augenblick für mein abgedroschenes Gehabe. Sie sah mich an und sagte ebenfalls »Hi!«. Dann wandte sie sich ab. Als die Kabine ankam, fasste ich rasch an den Griff, damit sie mir nicht wieder zuvorkäme, öffnete die Tür und machte mit dem Kopf eine einladende Geste. Lidija trat einen Schritt auf den Fahrstuhl zu und drehte sich zu mir. Als ihre Hände über meine Arme strichen, den Brustkorb und den Hals berührten – ihr geradezu ubiquitäres Betasten ließ mir kaum Zeit zu begreifen, wie intensiv ich sie überall spürte –, glitten meine Manuskripte zu Boden. Noch im Ansatz, tief einzuatmen, vielleicht sogar zurückzuzucken, spürte ich ihre Lippen auf den meinen, war überrascht, mit welcher Weichheit und Lauterkeit sie ihren Kuss einzusetzen wusste. Ich empfand einen erregenden Schauer, als unsere Zungenspitzen einander trafen, und vermochte das Ganglicht nur verschwommen wahrzunehmen, als sie ihr Gesicht von dem meinen ganz langsam löste. Dann stieg sie in den Aufzug, und die Tür, die ich längst losgelassen hatte, schloss.

Stundenlang lag ich wach, starrte im Dunkeln an die Decke und summte beinah unbewusst eine Melodie, die ich irgendwo aufgeschnappt hatte. In meinem Kopf spielten sich ungeschehene Szenen ab, erträumte Gespräche nahmen ihren Lauf und ich ertappte mich mehrmals dabei, lautstark mitzudiskutieren, obwohl ich ganz allein im Bett war. Irgendwann knipste ich die Leselampe an, rieb mir die Augenhöhlen mit der Handfläche, glaubte Lidijas Antlitz schemenhaft vor mir zu erkennen und begann den stets bereitliegenden Notizblock zu bekritzeln, zuerst den Blick zu erfassen, der mir nicht mehr aus dem Sinn kam, die Glut der Augen, dann, etwas ruhiger, zwei weitere Zeilen, still und beschaulich, den kommenden Herbst beschwörend: *gelbes Blatt/auf meiner Hand/ich atme Warten*. Das Licht blieb versehentlich angedreht, als ich einschlief.

Auf eine bestimmte Art spitzte sich meine Lage zu; nunmehr war es mir nicht mehr möglich, das Stiegenhaus zu betreten, ohne Herzklopfen zu bekommen, aber ein Herzklopfen, dessen Intensität mich ernsthaft an meiner physiologischen Gesundheit zweifeln ließ. In der Wohnung zitterte ich rastlos herum, stapfte von einem Zimmer ins andere, ohne zu wissen, was ich dort eigentlich wollte, und begann mehrere Bücher zu lesen, bloß um sie nach zwei Seiten wieder wegzulegen, weil ich es nicht schaffte, mich auch nur auf einen einzigen Absatz zu konzentrieren. Irgendwann riss mir der Geduldsfaden und ich sprang vom Stuhl hoch, schnappte mir im Vorzimmer den Schlüssel von der Kommode, verließ die Wohnung und rief den Aufzug. Im Vierten stieg ich aus, um ein paar Sekunden lang wie ein Dodel vor dem Fahrstuhl zu verharren. Dann machte ich ein paar Schritte auf ihre Tür zu, drehte mich wieder um und ging zurück. Ich konnte unmöglich hierbleiben, quasi zur Beobachtung der Korridorgeschehnisse, einfach so tun, wenn mich jemand ertappte, als ginge mich das alles nichts an oder als hätte ich mich in unserem – noch dazu gut überschaubaren – Stiegenhaus verirrt! Seufzend erwog ich, meinem seit langem schlummernden Wunsch Folge zu leisten und an die Tür zu klopfen, doch augenblicklich fiel mir ein: Was tun, wenn ihr Mann öffnete? Hm, ich könnte fragen, ob sie den Waschküchenschlüssel früher abgeben könnten, allerdings war ich erst in zwei Tagen dran und das wussten alle Hausparteien von der Tabelle, die im Erdgeschoß aushing. Besser ich borgte mir etwas Zucker aus oder Salz oder ein Glas Milch. Irgendetwas, nur, um meiner Anwesenheit einen plausiblen Grund zu verschaffen.

Abermals trat ich zur Tür, schüttelte den Kopf und ließ die Hand, die ich auf den Knauf gelegt hatte, wieder sinken. Nichts wollte mir gelingen und ich spielte mit dem Gedanken, wieder die eigene Wohnung aufzusuchen und den Fernseher anzustellen, um mich abzulenken. Ein zweites Mal hob ich den Arm, setzte zum Klopfen an und zögerte. Eine plötzliche Verlegenheit schien mir den Hals zuzuschnüren und ich zweifelte daran, ein vernünftiges Wort herauszubringen, wenn es gefordert war. Ohne zu pochen begann ich zurückzuweichen; indes sprang nun die Tür auf, eine Hand fuhr heraus, packte mich an der Schulter und zog mich so rasch in die Wohnung, dass ich über die Schwelle stolperte und mich an der Wand oder einem Bücherregal festhalten wollte, um nicht gänzlich zu straucheln, und von Lidija regelrecht aufgefangen wurde. Ich schmiegte mein Gesicht an ihren Hals, und der Duft ihres Körpers, der mir seit unserer ersten Begegnung vertraut war, umgab mich mit einem Gefühl der Geborgenheit. Kein einziges Wort war vonnöten, als wir uns gegenseitig zu entkleiden begannen, dabei den Weg zum Schlafzimmer einschlugen, aber bloß bis zur Wohnzimmercouch gelangten. Einen Moment lang dachte ich an ihre Kinder, doch vertraute ich darauf, dass Lidija Mann und Mädchen außer Haus wusste und diese zumindest für die nächste Zeit nicht auftauchen würden.

Vielleicht lag es an der sich einstellenden Regelmäßigkeit, dass ich keinem meiner Freunde davon erzählte. Vordergründige Banalitäten wuchsen indes zu regelrechten Eskapaden aus, überhaupt wenn sie an meinen bisherigen Lebensverhältnissen gemessen wurden. Beinah jeden Tag besuchte ich Lidija und lebte eine Leidenschaft aus, die sie in mir geweckt hatte und die mir selbst völlig fremd war. So schlich sich eine Unwirklichkeit in unsere Zweisamkeit, die ich für mich behalten wollte, weil sie mir den fragilen Charakter unseres Tuns vor Augen führte und unaufhörlich bewies, wie flüchtig jene Stunden waren, die uns beide aus unserem Leben herausrissen und so etwas wie ein paralleles Universum schufen, in dem nur sie und ich existierten. Die

Projekte in der Firma gingen mir zu dieser Zeit besonders leicht von der Hand, ich legte eine ungewohnte verbale Frechheit an den Tag, die den Kunden wider Erwarten imponierte und ein paar zusätzliche Erfolge einbrachte. Wurde ich auf meine neu gewonnene Heiterkeit angesprochen, gelang es mir mühelos, mich auf kleine literarische Erfolge auszureden, die zwar jeder Grundlage entbehrten, aber nicht falsifizierbar waren.

Gewiss hörte ich nicht auf, an diesen immerzu erhofften literarischen Erfolgen zu basteln. In den Stunden zwischen Projektarbeit und Lidijas heimlicher Zärtlichkeit tüftelte ich Zukunftskonzepte aus, schrieb Erzählungen und sammelte Notizen für einen Roman, den ich eines Tages zu schreiben gedachte. Ich kontaktierte Verlage und sprach Lokalbesitzer und Veranstalter auf die Möglichkeit an, weitere Autorenlesungen zu gestalten. Die Einladung zur nächsten Lesung hatte ich immerhin schon skizziert, allerdings fehlten ein paar lyrische Zeilen. Als mir der Inhaber einer zentrumsnahen Bar zusagte, der bekannterweise sein kulturelles Interesse mit permanenten Aquarellausstellungen und musikalischen Auftritten zur Schau stellte, holte ich den Entwurf heraus, setzte mich an den Tisch und schrieb nach kurzem Nachdenken in großen Tintenlettern lächelnd dazu: *die Kerze glitzert/überm Sessel hängt dein Strumpf/der Schnee liegt draußen.*

Antrag auf Patenschaft

Sehr verehrter Herr Bürgermeister, geschätzte Mitglieder des Stadtsenats, ich freue mich, Sie zu dieser Sondersitzung begrüßen zu dürfen, die wir aufgrund der Dringlichkeit des Anliegens sehr kurzfristig und noch dazu in der Urlaubszeit einberufen mussten. Um Ihre Zeit nicht unnötig in Anspruch zu nehmen, werde ich unverzüglich in medias res gehen und eingangs einen Grundriss der momentanen Situation darlegen:

Wie Sie alle wissen, sind wir als Bewohner dieser Stadt keineswegs allein, sondern befinden uns in mehr oder weniger guter Gesellschaft eifriger Nager, die das Dunkel der Unterwelt großflächig und erfolgreich zum Lebensraum erkoren haben. Wie viele Ratten in der Kanalisation, den Rinnsalen, Kellern, Tiefgaragen und Parks leben, erfahren wir aus zahlreichen und stets aktualisierten Statistiken, deren Titel ich Ihnen nicht extra zu nennen brauche. Grob überschlagen rechnen wir, dass auf jeden Großstädter etwa drei Ratten kommen, Letztere daher in absoluten Zahlen gemessen eine vergleichsweise stark überlegene Population repräsentieren. Umso bedenklicher ist allerdings deren rechtlicher Status, denn es mutet geradezu grotesk an, dass eine derart zahlreiche Bevölkerungsgruppe bisher jedem Zensus entging und quasi als vielköpfiges U-Boot im urbanen Bodensatz dahindümpelt. Gewiss, die Nahrungssituation in den Schächten erweist sich als völlig ausreichend, zumal praktisch alle Wohnungsabflüsse dahin münden und gängiger Usus bekanntermaßen nicht nur reine Abwässer, sondern auch ein reichhaltiges Angebot von Nahrungsresten und Verdorbenem durch den Ausguss spült. Jedoch, meine Damen und Herren, entbehrt eine solche Gepflogenheit jeder amtlichen Kontrolle, wodurch weder Lenkung noch Vergebührung möglich sind. Und das ist, wie ich meine, ein Zustand, den eine moderne Stadtregierung wie die unsere in keinster Weise dulden oder durch ihr Schweigen gar begünstigen darf.

So halte ich es – und da stimmen mir Frau Stadträtin für Soziales und Herr Stadtrat für Finanzen, wie ich meine, nachdrücklich zu – für angemessen und fair, dass jeder einzelne Bürger, und zwar verpflichtend, die Patenschaft für exakt drei Tiere übernimmt, wobei Eltern die Vertretung ihrer Kinder bis zu deren Volljährigkeit innehaben. Auf diese Weise wird es uns gelingen, den Graubereich, der sich seit vielen Jahrzehnten aufgetan hat, wieder in den Bereich des Gesetzlichen zu manövrieren. Selbstverständlich impliziert eine Patenschaft auch eine gewisse Verantwortung, die unserer Verwaltung gleich in mehrerlei Hinsicht zum Vorteil gereicht: Erstens ordnet die Maßnahme jedes Individuum des Untergrunds einer dem Magistrat gemeldeten Person zu; zweitens können etwaige Schäden am öffentlichen, aber auch privaten Eigentum mühelos einer geeigneten Haftung zugeführt werden; und drittens erlaubt die Patenschaft die Einrichtung einer Haltesteuer – ähnlich der Hundesteuer –, mit deren Geldern nicht nur das gesamte Kanalisationssystem saniert, sondern Parks erneuert und Tiefgaragen erweitert würden; darüber hinaus bietet sich die einmalige Gelegenheit, technische Apparaturen zu entwickeln und zu installieren, welche die sorglos über Spülbecken und Gully beseitigten Speiseabfälle quasi an der Quelle absammeln und angemessen entsorgen.

Wenn wir das beantragte Vorhaben nun zu Ende denken, liegt auf der Hand, dass wir mit dem Fortschreiten der Instandsetzungsarbeiten immer weniger Geldmittel benötigen, da im Endeffekt kein Handlungsbedarf mehr besteht. Folglich könnte man die eben geforderte Steuer also wieder senken. Der zwangsläufige Zahlenrückgang der Rattenspezies angesichts der verbesserten und renovierten Lebensräume und speziell bei Verwendung der neuartigen Apparaturen rückt eine Abgabenreduktion tatsächlich in greifbare Nähe; schon allein wegen der positiven Öffentlichkeitswirksamkeit empfiehlt es sich, diese dann auch verlässlich ins Auge zu fassen. Natürlich – unter uns gesagt – rentiert sich die Gebühr zum Vorteil aller umso mehr, wenn sie nach erfolgter Schrumpfung der Nagerpopulation nicht sofort abgesetzt wird, sondern während einer mit Bedacht festgelegten Dauer aufrecht bleibt, damit die städtischen Behörden weiterhin zugegeben zweckentfremdetes, aber hochgradig förderliches Kapital erwirtschaften. Freilich ergibt der Zeitpunkt einer Rücknahme der Haltesteuer einen eigenen Themenbereich, für dessen Klärung ich die Einrichtung eines Sonderausschusses zu gegebenem Zeitpunkt anregen möchte.

Geschätzte Mitglieder des Stadtsenats, verehrter Herr Bürgermeister! Um die Angelegenheit sinnvoll abzukürzen, schlage ich vor, dass wir umgehend zur Abstimmung schreiten, damit die Bürger dieser Stadt möglichst rasch ihr Recht auf Patenschaft erhalten.

Vorübergehend

Ich hielt inne, als ich den Klang der Schuhabsätze vernahm. Gleichermaßen fremd und vertraut empfand ich das Geräusch, das in die Wohnung drang und mich durcheinanderbrachte. Ich stand auf, lief zur Tür und öffnete sie, die Augen nach links, dann nach rechts gerichtet. Obwohl der Korridor menschenleer war, hallte es immer lauter. Ich machte ein paar Schritte vor und wich zurück, hielt mich mit der Handfläche an der Wand fest. Als die Tür zufiel, schnappte das Schloss leise ein.

Dann sah ich sie. Ihre Schuhe waren rot, mit hohen Absätzen, die mit einem Metallstift genagelt sein mussten, denn anders konnte ich mir nicht erklären, warum ihr Aufschlagen auf dem Boden so deutlich zu hören war; völlig regelmäßig pochten die Absätze auf den Fliesen, indes fiel mir auf, wie rasch die Abstände sich verkürzten, die Töne verselbständigt und gezielt auf mich trafen. Mir schien, die einzelnen, gleich klingenden Schritte prallten von meinem Körper ab, schlugen gegen die Wand und bewirkten ein vielfaches Echo. Mit dem Rücken drängte ich mich in den Türstock, spürte, wie die Knie nachgaben, und sank in eine kauernde Stellung. Die Schritte kamen näher, geradewegs auf den Platz zu, wo ich saß, die Beine an den Oberkörper gepresst und den Kopf, so weit möglich, nach hinten gezogen. Jeden einzelnen Atemzug spürte ich, als die Schallwellen einander überholten und wie Peitschenhiebe auf mich niederprasselten. Mit den Beinen drückte ich mich an die Tür, sah die

Farbe der Schuhe auf mich zueilen und die hohen Stifte, die als gleichmäßige Linien die Beine der Frau betonten. Die Absätze wurden immer größer, wuchsen über mich hinaus und hämmerten unerbittlich auf den Boden. Dann drangen die Spitzen in meinen Körper; aufgeregt und fassungslos sah ich an den Schenkeln hinauf, ohne ein Gesicht zu erkennen, ohne etwas von ihren Augen zu wissen und von dem Lächeln, das um ihren Mund spielte. Den Duft ihres Haars, eine Mischung aus Wärme und Essenzen, trug ich in meiner Nase. Eine ungewohnte Trägheit hatte mich erfasst und ich wunderte mich über jede meiner langsamen Bewegungen. Vergeblich bemühte ich mich, die Absätze zu packen und fortzuschieben. Immer wieder stachen sie in meinen Körper, zielten hinab, wo ich meine Erregung nicht verbergen konnte. Und dann, in einem Augenblick unverhoffter Stille, wandte sie sich von mir ab. Der völlig gleichmäßige Klang ihrer Schuhe auf den Gangfliesen verebbte allmählich. Ich sah nur mehr den Mantel und, sofern das matte Flurlicht nicht täuschte, dunkle Locken.

Als ich spürte, wie sich mein Atem beruhigte, betupfte ich prüfend die Hosentaschen; den Schlüssel, begriff ich, hatte ich in der Wohnung gelassen.

Sagte die Mutter

Die Bedeutung des einsamen Schrittes hatte keinen Raum in meinem Erfahrungsschatz, nicht einmal, wenn ich sehr lange darüber nachdachte und mir vorstellte, ich befände mich ganz allein im Haus und wäre so verlassen, dass ich, wenn meine Stimme ängstlich durch die Zimmer riefe, keine Antwort erhielte und mich krampfhaft an das kraftlose, von dem Möbeln erfolgreich geschluckte Echo klammerte. Woher sollte mir auch der Sinn des Einzigartigen zugegangen sein? Der Verdoppelung jeden Ausdrucks von Lebhaftigkeit entsprach keine Metapher, die jemand, der eine solche Situation nicht am eigenen Leib erfahren hat, verstünde. Für mich indes gehörte die Gleichzeitigkeit unserer körperlichen und verbalen Äußerungen zum Kern des Selbstverständnisses, wo ich doch bei jedem Wort den Mund meines Gegenübers sah und wusste, dass die eigenen Lippen ein exaktes Spiegelbild gaben und den Umstehenden jedes Mal aufs Neue die Besonderheit unserer Zusammengehörigkeit vorführten. Nur beim – für Buben eigentlich unüblichen – Erröten wurde ich niemals nachgeäfft, aber das ist von einem Zwilling wohl auch nicht zu erwarten; von den anderen Verhaltensweisen scheint mir hingegen auch bei sorgfältigster Überlegung keine einzige dazu geeignet, sie als für mich typische zu bezeichnen. Gewiss, dieses gemeinsame Geburtsdatum, ja sogar dieselbe Stunde (nur in der Minute rückten wir etwas auseinander), schaffte eine Verbundenheit, der nicht zu entrinnen war.

Aus den Erzählungen der Verwandtschaft wussten wir, dass von Geburt an unsere Regungen einander glichen, wir oft identische Gesten machten, gleichzeitig zu schreien und auch zu lachen anfingen. Später geriet dies zum kindlichen Ulk und wir hatten viel Spaß daran, die Erwachsenen zu verblüffen und ihnen unsere nicht einmal einstudierten Zweierformationen vorzuführen. Unsere Verbundenheit und damit gleichzeitig das Bewusstsein, nicht nur einer einzigen Quelle entsprungen, sondern in allen Lebensfragen doppelt gewappnet zu sein, gerieten allmählich in den Ruf der Sprichwörtlichkeit. Der Schritt zur Namensverwechslung war nur mehr ein kleiner, den wir mit Vorliebe setzten, denn solange es an uns lag, die andern vor verwirrende Tatsachen zu stellen, lachten wir uns ins Fäustchen. Eine jedoch eher zweifelhafte Analogie trafen wir an, wenn der Spieß umgedreht wurde; so hatte etwa unsere Mutter die unerquickliche Angewohnheit, uns mit demselben Wort zu rufen. »Kinderl« sagte sie einfach und wir konnten uns aussuchen, welches nun eigentlich gemeint war; lediglich, wenn keiner von uns Lust hatte, den Gang anzutreten, hakte die Mutter nach. Noch unangenehmer wirkte sich etwas später die Bequemlichkeit mancher Lehrer aus, lediglich unseren Nachnamen in die Klasse zu rufen – da wurde nämlich erwartet, dass wir beide aufmerksam lauschten und die Replik quasi im Duett lieferten.

Trotzdem entwickelte sich die Schulzeit zu einem Hort fesselnder Erlebnisse, denn vor allem die Details ließen vielerorts jenen Gleichklang erkennen, den wir beide längst verinnerlicht hatten, und zur Dublette trat allmählich auch die Zweideutigkeit hinzu, welche unseren intellektuellen Horizont in ungeahnter Weise ausdehnte. Allerdings schlich sich mit den Jahren auch die bittere Erkenntnis ein, dass nicht alles auf zwei Schienen aufsetzte, so wie wir es sahen, sondern gut und gern auch mal einspurig unterwegs war. Natürlich gewannen wir diese Einsicht nicht über Nacht und so dauerte es eine ganze Weile, bis ich etwa im Deutschunterricht begriff, dass Musils Parallelaktion nicht die Geschichte zweier Geschwister, sondern den dualistischen Wettstreit zweier Länder bezeichnete. Ebenso kann ich mich erinnern, wie ich die molekulare Doppelhelix für eine nur bei Zwillingen vorkommende, spezielle Ausformung von etwas Profanerem hielt und, diese Überzeugung völlig unbedarft vor der Klasse kundgetan, in einen Strudel bösartigen Gelächters rutschte, in dem nicht einmal der Biologielehrer gegensteuerte.

Eigentlich schmiedeten wir Pläne, wie wir unser doppeltes Dasein am gwieftesten einsetzen konnten, um beim geringsten Aufwand beide und in allen Fächern möglichst Bestnoten zu erlangen. Immerhin spukten unterschiedliche Verfilmungen der Doppeltes-Lottchen-Geschichte in unseren Köpfen herum und wir hatten schon früh erkannt, dass man im Leben immer mit Schläue am weitesten kam. Dennoch bemerkten wir in manchen Momenten, dass unser bisher zweigleisiges Einverständnis vermehrt eingleisig zu werden drohte. Unsere duale Existenz hatte einen Punkt erreicht, an dem es keine Freude mehr machte, als Abbild des andern betrachtet zu werden, und vor allem missfiel mir der dabei auftauchende Gedanke, ewig ein Schatten meines Zwillings zu bleiben. Ein geradezu verstohlenes Auseinanderdriften hatte begonnen. Die Symptome: ein unvermutet alleiniges Beantworten einer Frage, eine abweichende Gefühlsregung beim Schauen eines Kinofilms, zwei unterschiedliche Eissorten in unseren Bechern, und: Widerspruch! Zum ersten Mal reiften kontroverse Meinungen, vorerst im Bereich von unterschwelligen Nuancen, bald aber in der Form einer unübersehbaren Rivalität.

Der Bruch kündigte sich während der Pubertät an, wir waren wohl um die fünfzehn. Wahrscheinlich ist »Bruch« kein passender Ausdruck, impliziert er immerhin einen tiefen und geradezu unüberbrückbaren Graben zwischen uns. Nein, von einer derartigen Radikalität konnte nicht gesprochen werden, vielmehr taten sich feine Risse auf, die uns anfänglich nicht einmal selbst auffielen, die sich jedoch mit der Zeit vervielfältigten und vergröberten. Kleine Enttäuschungen markierten einen langen Weg der Trennung und wir trieben langsam auf entgegengesetzte Ufer zu. Zwar hatten wir noch keine Geheimnisse voreinander, aber das vermochte nicht darüber hinwegzutäuschen, dass die in der frühen Kindheit erlebte Zweisamkeit nicht überleben würde. Besonders konsterniert fühlte ich mich, als, wie es in diesem Alter üblich ist, die erste Verliebtheit über uns hereinbrach und mir mit einem Mal Einzelheiten vorenthalten wurden, die ich in meiner Neugier nur allzu gern wissen wollte. Keine Chance: Hier fand ich mich vor einem Tor wieder, dessen Riegel vor meine Nase geschoben wurde, und ich mutmaßte, dass ich von nun an immer wieder in eine Sackgasse geraten würde, an deren Ende eine gut verschlossene Pforte stand. Ebenso wurden mir auf einmal Informationen über körperliche Dinge vorenthalten, obwohl wir früher nicht nur Anatomisches, sondern auch Pathologisches und Hygienisches gegenseitig offengelegt hatten. Ich vermisste die Symmetrie der Veränderungen, welche uns gerade das Erwachsenwerden auferlegte, und die Belange der eben erwachenden Sexualität blieben ein fürchterlich einsames Rätsel. Vielleicht, denke ich heute, lag das aber einfach daran, dass mein Zwilling eine Frau, meine Schwester, ist.

Anziehung

Nachmittags malte das Tageslicht längliche Schatten auf die Fahrbahn, deren tiefgedrückte Spuren niedrige, aber trotzdem gut sichtbare Wälle zogen. Als ich indes den Zebrastreifen in Richtung U-Bahn querte, stand die Sonne so hoch, dass jede einzelne der Mulden vollständig ausgeleuchtet war. Ein sanftes, freundliches Licht, bemerkte ich, und der Auftrag, den ich zu erfüllen hatte, für den ich durch die ganze Stadt fahren und mit einem Kunden zusammentreffen musste, rückte zäh, aber entschieden, in eine Ferne, die mir zunehmend belanglos erschien. Ich verlangsamte den Schritt, ließ den Blick nicht von den rundlichen Buckeln ab, die sich mir wie großzügige Querrillen entgegenstellten, den ansonsten durch giftiges Rasen geprägten Flecken freiräumten und mir eine Weichheit vorgaukelten, die aus physischer Notwendigkeit heraus gar nicht existieren durfte. Schon ein paar Minuten glaubte ich reglos zu verharren, sank nunmehr in die Knie und wunderte mich über die schützende Furche, die das Gelenk fast gänzlich umschloss. Während der Lärm des mittäglichen Verkehrs mehr und mehr verklang und die Buntheit des lebhaften Treibens verblasste, berührte ich mit beiden Handflächen behutsam den Asphalt. Die Mulde fühlte sich warm an, ganz ungewöhnlich für den so abweisend wirkenden Belag. Ich legte meine Wange auf den Boden und den rechten Arm über die Welle, die sich anmutig wie ein Frauenkörper wölbte. Mit geschlossenen Augen umfasste ich die Taille und sog den Duft ihrer Haut ein, rieb meine Backe an ihrem Busen und seufzte, im Wissen, dass mir nichts davon gehörte und ich mir nur ein winziges Stück Zeit herauslösen konnte, um der Normalität zu entfliehen. Eine Längsritze, aufgefüllt mit elastischem Teer, der sich sommers beinahe verflüssigte, führte die Kuppen meiner Finger zu ihrem Bauchnabel, dem unbestrittenen Nabel der Welt, wie ich vor Freunden zu witzeln pflegte. Mein Atem ging stockend. Unbeirrt gerann das flüssige Streicheln zu zuckendem Tasten, zaghaft umhergerissen zwischen Sonnenüberflutung und zu Realität verkommener Einbildungskraft. Bei der Halbdrehung auf die Vorderseite spürte ich die Ausbuchtung meiner Hose, und obwohl ich die Gegebenheiten kannte, wähnte ich mein Geschlecht offen fordernd auf der Fahrbahn, nach den Rundungen der Frau gierend, weithin sichtbar für jene Stimmen, die allmählich aus dem Hintergrund auftauchten, mich zu umringen drohten und mir die Fülle des Sonnenlichts streitig machten. Noch ein paar Zentimeter weiter streckte ich meinen Arm, spreizte die Finger, roch das Haar und wehrte mich nicht gegen das rhythmische Pulsieren, das meine Lenden ergriff und die Atmung zusätzlich beschleunigte. Die Lider drückte ich ganz fest zu, um das verhalten aufkeimende Gehupe zu vertreiben, das immer aufdringlicher in meinen Kopf drang. Den zweiten Arm benutzte ich, um das Einbrechen der Hände abzuwehren, das Zupacken an meinen Schultern und Schenkeln fortzustoßen, entschlossen und heftig, ohne dabei wissen zu wollen, wer meine Illusion, meinen Fiebertraum gar, so unverfroren störte. Als das Ringen anschwoll, millionengliedrige Greifarme plötzlich den Himmel verdeckten, meine zur Umklammerung mutierte Liebkosung unabwendbar vom Pflaster lockerten und schlussendlich losbrachen, spannte ich bestürzt alle Muskeln an und krampfte meine Verzweiflung in ein stummes Schluchzen.

Abflug

Langsam spannte ich die Nackenmuskeln an, senkte die Stirn und fixierte den Blick auf das Anzeigenbrett. Ich drückte auf Knöpfe und zog an Hebeln, die ich zum Start überhaupt nicht benötigte. Und dann bemerkte ich, dass meine Kiefer allmählich zu schmerzen begannen, weil ich die Zähne so fest zusammenpresste.

Von Beginn an wusste ich, dass mir die Konzentration fehlte. Der Abschied wog viel schwerer, als ich gedacht hatte, und ich vermochte nicht, alles um mich herum einfach zu ignorieren und so zu tun, als wäre nichts gewesen. Mit Tränen in den Augen hob ich den Kopf, suchte das Fenster und trat zur Scheibe, über die ich, als wäre sie angelaufen, mit der Hand wischte.

Als ich hinaussah, traf ich auf Tamiris Blick. Diese großen Augen, die mir so vertraut waren, schienen tief in meinen Körper zu greifen, fassten nach meinem Brustkorb, und ich glaubte auf einmal, nur mehr gepresst, unter großen Schmerzen, atmen zu können. Mit den Fingern begann ich über die Scheibe zu reiben, wollte sie zur Seite drücken, obwohl ich sehr genau wusste, dass dies unmöglich war, dass ich die Tür bereits fest verschlossen hatte und nicht mehr öffnen durfte.

Ich fuhr mit dem Handrücken über die Augen, sah zu Boden und sagte mir vor, dass ich abfliegen musste, einmal, zweimal. Ich murmelte die Worte, die völlig fremd klangen, trat einen Schritt zurück und hob das Kinn, sodass ich die

Wände betrachten konnte, die Aufhängungen, die Kontrollmonitore und die Vorratsbehälter.

Tamiri konnte nicht mit. Natürlich nicht. Eine Idee, die genauso absurd war wie der Gedanke hierzubleiben. Als ich bemerkte, dass ich längst wieder hinausschaute, ins Freie und in diese großen Augen, erschrak ich. Das Geräusch der Triebwerke wurde lauter und ich musste mich anschnallen.

Mit Anstrengung sog ich die Luft durch die Nase, presste die Kiefer zusammen und schloss immer wieder die Augenlider, bemüht, die Feuchtigkeit so schnell wie möglich zu beseitigen. Den Kopf wollte ich zur Seite drehen, doch obwohl meine Hände auf dem Instrumentenpult lagen und ich, fast automatisch, die Anzeigen kontrollierte, blieb mein Blick am Fenster haften, an der Welt draußen, auf Tamiri.

Ein Zittern und Rütteln lief durch die Wände, das kraftvolle Dröhnen des Getriebes schwoll zu noch lauterem Getöse an und das Schiff hob ab. Widerwillig wich ich zurück, hastig und doch mit einer gewissen Trägheit, gegen die ich kaum anzukämpfen vermochte. Der Druck im Brustkorb wurde unerträglich und da ich keinen einzigen Schritt setzen konnte, zog ich mich mit den Armen zum Sitz, ließ mich darauffallen, zerrte ohne hinzusehen den Beckengurt heraus und klinkte ihn auf der anderen Seite ein. Den Rest besorgte die Automatik, und dass ich die Füße nicht gesichert hatte, war mir egal.

Der Raum vor mir verschwamm zusehends und ich konnte nicht unterscheiden, ob es am Zittern des Raumschiffs oder an den Tränen lag. Die Beschleunigung drückte mich schonungslos in den Sitz und ich spannte die Muskeln an, so, als wollte ich mich gegen die Schwerkraft auflehnen.

Das Fluggeräusch und das Zittern der Kapsel verschmolzen zu einer Kulisse, die mich lange begleiten würde. Ich atmete völlig ruhig, lockerte meine Gliedmaßen und ließ den Blick schweifen. Die Formen der Geräte betrachtend dachte ich an die Rückreise, an das Erlebte, an die Erfahrungen, die ich gewonnen hatte. Ich wollte nicht hadern, denn es waren einmalige Erfahrungen.

Mein Körper vibrierte gleichmäßig mit dem Schiff, ich saß reglos auf meinem Platz und spürte, wie die Gesichtsmuskeln allmählich eine Grimasse formten. Mit Gewalt warf ich den Kopf zurück und zuckte zusammen, als ich gegen das Leder der Nackenstütze prallte. Die schwache Benommenheit kaum beachtend schloss ich die Augen, kniff die Lider so fest zusammen, dass ich ein Herumflirren von Farbflecken zu erkennen glaubte. Dann öffnete ich den Mund und spannte den ganzen Körper an. Die Triebwerksgeräusche tosten so laut, dass es lange brauchte, bis ich meine eigene Stimme vernahm, meinen Schrei, hohl, langgezogen und andauernd. Niemand konnte mich hören, aber ich wusste, dass Tamiris Augen noch immer auf mich gerichtet waren.

Lancelots Rückkehr

Nebeneinander hockten wir auf dem Boden. Der berührte weit hinten den in graublauem Farbton stumpf aussehenden Himmel und formte in seiner Nüchternheit eine mathematisch gesehen völlig gerade Linie. Du standest mit einem Mal auf und sahst die Umgebung an: ziellose Weiße, der Boden glatt. Es war ein kühler, aber nicht kalter Boden. Sonst gab es nichts.

Beide waren wir nackt. Die Luft fühlte sich temperaturlos an, Tag und Nacht unterschieden sich kaum, da es weder Sonne, noch Mond, noch Sterne gab. Du liefst wenige Schritte fort, drehtest dich um und kamst zurück, wandtest dich zögernd zu mir. Schau, sagtest du und zeigtest auf den Krokus in deiner Hand. Die Pflanze betrachtend stand ich auf. Ein junger Krokus, dessen Blüte geschlossen und in frischen Farben lag. Ich staunte über die schmalen Blätter und die kaum merkliche Rillung ihrer Oberfläche, senkte mein Gesicht auf deine Hand und roch an der Pflanze oder an beidem.

Als du, um den Duft besser wahrzunehmen, die Augen zudrücktest, legte ich einen seidenen Rock um deine Hüften. Du ließest den Krokus auf den Boden fallen und drehtest dich übermütig herum. Ein Pfefferminzbaum stand inmitten einer gleichförmigen Ebene. Ihre Ränder hoben sich und der glatte Boden zeigte Verschiebungen, Ritzen, unregelmäßige Muster, Steine und Farnbewuchs. Die Baumkrone beherrschte das ganze Tal.

Du sehntest dich nach einem Haus. So öffnete ich die Holztür und ließ dich eintreten. Ein einziger, hölzerner Kasten stand in der Ecke hinter dem Tisch. Daneben ein hartes Bett. Aus der wenigen Wäsche zu wählen und uns anzukleiden war mühsam. Du hattest zu wenig Platz in der Stube, stießest an die Möbel und sahst dem Jungen entgegen, der eine Axt hereinhängte. Unser Sohn. Vor der Tür spielten fünf Mädchen mit einem Reifen. »Na?«, fragtest du.

Ich schüttelte den Kopf, trat ins Freie und fing einige der Schneeflocken auf. Weil du dabei traurig aussahst, wischte ich die Flocken beiseite und stellte dich mit dem Gesicht zur Sonne. Wir hörten Vogelgesang. Die Baumwipfel gaben ein leises Rauschen von sich, ruhige Bewegungen durchkämmten das Blattwerk. Es war Sommer.

»Komm«, forderte ich dich auf und legte eine Joppe um deine Schultern. Wir folgten, zwischen Gebüsch und Wiesenblumen, einem Pfad, der bald in einen Kieselweg mündete. Dieser wurde breiter, verdrängte das Unterholz und hatte befestigte Ränder. Eine Pflasterstraße. Links und rechts wuchsen Pinien und Palmen, später Kastanienbäume und Eichen.

Als wir zu einer zweistöckigen Villa gelangten, sahen wir einander an, schüttelten den Kopf und zogen weiter. Wir durchquerten einen Wald, grüßten Bauern, Handwerker, den Bürgermeister, einen Wachmann. Weiter vorne hielt ich an, um aus einem Schuppen ein Fahrrad zu holen. Dann setzte ich dich auf den Gepäckträger. Nach wenigen Metern tauschten wir das Rad gegen ein Tandem.

Die Straße wurde breiter, kaum störten noch Steine. »Kennst du meinen Onkel?«, fragtest du nach einer Pause.

Ich schüttelte den Kopf und sah in die Richtung, in die du dich gewandt hattest. Ein schwarzes Auto näherte sich und bremste vor uns ab. Missbilligend fuhr ich mit der Hand über die Karosserie. Das Auto war rot.

Wir stiegen ein und es dauerte nicht lange, bis sich ein Chauffeur auf den Fahrersitz setzte und anfuhr. Wir kamen an Feldern, Bauernhöfen und bewaldeten Anhöhen vorbei. In der Ferne erkannten wir Türme und Giebel, als sich vor dem Wagen ein kunstvoll ziseliertes Platintor öffnete. Wiesen, auf denen Zuchtpferde spielten und grasten, säumten die geteerte Straße, die wir entlangfuhren. Im Schlosshof beschrieb der Chauffeur einen Halbkreis, um genau vor der Stiege anzuhalten.

Pagen und Mägde bildeten ein Spalier. Ich betrat die Empfangshalle als Erster. Weiter hinten führten zwei Treppen in die oberen Stockwerke. Die Fensterscheiben bestanden aus hunderten Mosaikteilchen und das Parkett des Fußbodens glänzte von der frischen Versiegelung. In einer Ecke der Eingang zur Bibliothek.

Etwa zehn Räume mussten wir durchqueren, um den Speisesaal zu erreichen. Alle, die wir eingeladen hatten, waren gekommen. Der Präsident, der General, dann die Freunde von den Fabriken und aus der Politik sowie Verwandte, die sich, wie wir wussten, am Stadtrand oder in einem anderen Land niedergelassen hatten.

Wir sahen glücklich aus, als du an einem Ende des Tisches saßest, ich hingegen an der gegenüberliegenden Kante. Nach zwölf Gängen durchstreiften wir Videozimmer, das Kino und das Hallenbad. Das Haus ein Wolkenkratzer: Seine Architektur wies eine moderne Struktur auf; von außen wirkte es repräsentativ. Es war möglich, vom vierundsechzigsten Stockwerk aus die ganze Stadt zu überblicken, denn wir besaßen das höchste Gebäude.

Am Abend wurden wir jeder von einem Domestiken in ein luxuriöses Schlafzimmer geführt. In diesen standen Fernsehapparate und Telefon. Ich schmunzelte zudem über das CB-Funkgerät, das ich neben die Zimmerbar hatte stellen lassen.

Dann stand jeder allein vor einem übergroßen Bett. Als du nun, in Gedanken, den Schmuck abstreiftest und die Ringe auf den Toilettentisch legtest, wurden deine Augen feucht.

»Nein«, sagtest du und drehtest dich zu mir. Die Luft war vielleicht etwas wärmer geworden. Du tratest vor mich, hobst den Arm und berührtest meine Schulter, dann die kaum behaarte Brust. In meinen Pupillen konntest du dich spiegeln. Als ich deine nackte Taille umfasste und heranzog, ließest du dich führen.

Der Boden war weiß und glatt. Keine Unebenheit störte den Eindruck ausgeglichener Monotonie. Rundherum formte der Horizont eine völlig gerade Linie. Wir waren allein. Ohne die Umarmung zu lösen, hatten wir uns auf den Boden gesetzt. »Du hast mein Vertrauen, und ich habe deins«, sprachst du. Ich schloss die Augen und nickte.

Als die Dunkelheit nahte, saßen wir unverändert auf dem Boden, und außer uns war nichts.

Atemlos

_____

Die Straße

Seit ich denke, durchzog die Straße gleich einer silbrig schillernden Raupe vibrierend die Landschaft und teilte unser Tal in zwei Hälften, die freilich über die zahlreichen Über- und Unterführungen lebhaft miteinander kommunizierten. Nur direkt über die Fahrbahn führte kein Weg, konnte auch gar keiner führen, da diese Passage, wie uns von klein auf eingebläut wurde, viel zu gefährlich und im Grunde undenkbar war. Bereits in sehr jungen Jahren hörte ich von der Fahrt ohne Wiederkehr reden, ohne jedoch die Bedeutung dieser beeindruckenden Phrase zu begreifen. Vorläufig gab ich mich mit dem kindlichen Staunen über den kontinuierlich dahinkriechenden, endlos wummernden Wurm, die imposante Eile seiner stupenden Geschwindigkeiten und die immanente, ihm eigene Unfassbarkeit zufrieden, ja ich entwickelte allmählich eine Neigung, mich zu bestimmter Stunde auf ein bescheidenes, aber zunehmend lieb gewonnenes Grasfleckchen auf einer nahen Anhöhe zu setzen und das unentwirrbare, niemals ins Stocken geratende Rasen auf dem Rückgrat der Talsohle zu beobachten. In dem Maß, in dem ich heranwuchs, reifte mein Gespür für kleinste Veränderungen in der Intensität des Brausens und schlichteste Nuancen des Klangspektrums.

Die Geräuschkulisse ebbte niemals ab, obwohl sie sich in den Abendstunden eine Idee sanfter anhörte; ich glaube sogar, sie während meiner Geburt deutlich empfunden zu haben, wenngleich sonst keine Erinnerung an dieses Ereignis in meinem Gedächtnis haften geblieben ist. Es erforderte kein genaues Hinhören, um das Summen, das Sirren und das Surren zu vernehmen, welches vom Eingang des Tals bis zu seinem Ausgang und wahrscheinlich darüber hinaus reichte. Die Alten unseres Ortes erzählten, es hätte einmal eine Zeit gegeben, in der absolute Stille auf der Fahrbahn herrschte, die Tageshitze die Luft über dem Asphalt zum Flirren brachte und nur ab und zu ein Automobil vorbeikam, eine Zeit, in der die Menschen gänzlich ohne Brücken und Tunnels ausgekommen waren, weil ein paar Kreuzungen genügt hatten, um die Verbindung von diesseits nach jenseits zu garantieren. Ich lauschte diesen Erzählungen voller Verwunderung und Zweifel, denn wie konnte es sein, dass eine Straße, auch wenn sie als Hauptverkehrsweg oder Autobahn zählte, von einer Generation zur nächsten ihr Antlitz so elementar veränderte? Das Dröhnen des steten Verkehrs beherrschte meine Wahrnehmung, wenn ich allabendlich die Augen schloss und insgeheim durch den Schlaf dem Getöse entfliehen wollte; der Lärm dirigierte indes die Szenerien meiner Traumwelt und lieferte die Hintergrundmusik vom schrillen Abenteuer über wunscherfüllte Sehnsüchte hin zur akribischen Erlebnisverarbeitung.

Wie alle Jugendlichen machte ich mich über das Ausmaß des Einflusses lustig, den die stets röhrende Verkehrsachse auf das Selbstverständnis der Talbewohner ausübte, und mokierte mich über jene, die ehrfurchtsvoll von grenzenlosen Möglichkeiten fantasierten. Mit Vorliebe trafen wir in der Gaststube zusammen und tauschten uns über den verlockenden Sog aus, der nicht nur als täglicher Gesprächsstoff fungierte, sondern auch in unserem Leben längst eine zentrale Rolle einnahm. Zumeist bestand unsere Gruppe aus acht bis zwölf Personen und wir bezeichneten uns gern als die zukunftsträchtige Elite des Dorfes. Die beiden Söhne des Wirts mimten generöse Gastgeber, und die Tochter des Lehrers, die nur fallweise zu uns stieß, sorgte regelmäßig für Gefühlsverwirrung nicht nur bei mir, sondern bei den meisten Burschen. Viele der mitunter etwas lautstarken Plaudereien dominierte mein Cousin, der mir üblicherweise mit aufgestülpter Mütze gegenübersaß und immer, wenn ihn etwas besonders aufregte, mit einer handballengroßen Taschenuhr spielte, die ich ihm zum Geburtstag geschenkt hatte.

Jäh unterbrochen wurde unsere Unbefangenheit, als eines der ruhigeren Mädchen völlig unvermutet nicht mehr auftauchte und allmählich klar wurde, dass sie ihre Zukunft – ohne ihre Familie darauf vorzubereiten – der Straße anvertraut hatte. Unsere Abendunterhaltungen stockten, und jedem stand das Erschrecken ins Gesicht geschrieben. Allerdings verblasste die Erinnerung an sie zusehends, denn je länger ein Abschied zurücklag, desto mehr geriet der Name der Fortgezogenen in Verruf. Nur insgeheim erwog ich daher den Gedanken, eines Tages selbst mein Glück in der Ferne zu versuchen.

Wochen später eröffnete mein Cousin einen vollkommen neuen Abschnitt, indem er uns mitteilte, dass er ebenfalls beabsichtigte, seine Sachen zu packen und zu ergründen, wohin ihn die Reise auf der schillernden Straße führen würde. Zwar wünschte ich im Stillen, ihn zu begleiten, doch glaubte ich, dass mir zu einem solchen Schritt noch die nötige Reife fehlte, und verschwieg ihm die in meinem Innern lodernde Glut. Es dauerte lediglich ein paar Tage, bis er sein

Vorhaben in die Tat umsetzte und uns alle einlud, ihn zu verabschieden, an jener Zufahrtsrampe, die dem Haus seiner Eltern am nächsten lag. Er werde einen der Busse anhalten, erklärte er mit Zuversicht und scherzte, dass er uns bald schon Ansichtskarten schicken wolle. Dann umarmte er jeden Einzelnen von uns und raunte ein paar ganz persönliche Worte ins Ohr. Trotz seiner anderslautenden Beteuerungen zweifelte niemand daran, dass wir ihn heute zum letzten Mal sehen würden. Danach setzte er die Cordmütze auf, schnallte den Rucksack um, atmete tief durch und stieg die Rampe hinan. Zum Schluss wandte er sich noch einmal zurück – ich habe seinen erwartungsvollen, aber auch ängstlichen, beinah Hilfe suchenden Blick vor mir, wenn ich die Lider schließe – und hob die Hand, als wollte er anfänglich nur vorfühlen, ob der pulsierende Strom ihm schmecken würde und seinen Erwartungen entsprach. Sobald er jedoch den Körper des silbernen Kolosses berührte, wurde jede seiner Fasern hineingezogen und mitgerissen; ich erschrak über die Heftigkeit des Ereignisses und das plötzlich aufflammende Gehupe. Bevor mein Vetter endgültig verschwunden war, hatte er die Augen in seinem Zurückschauen aufgerissen. Danach gemahnte nichts mehr an ihn, außer vielleicht die Taschenuhr, die ihm beim blitzartigen Eintritt entfallen war und nun die Böschung herabkollerte. Ich hob sie auf und brachte sie heim, um sie in meinem Zimmer ins Regal zu legen, an eine gut sichtbare Stelle, damit ich den turbulenten Aufbruch niemals vergäße.

Die Zeit ohne meinen Cousin kam mir überraschend trostlos und öde vor. Ich sonderte mich zunehmend von den andern ab und spazierte häufiger zu meinem Beobachtungsgrasflecken, der, wie ich schmunzelnd bemerkte, bereits gelbliche Abdruckspuren meines Hinterteils aufwies. Stundenlang starrte ich auf die im Sonnenlicht flimmernde Röhre und bemühte mich geradezu verbissen, einzelne Strukturen in dem unaufhörlichen Strom auszumachen, woran ich erwartungsgemäß scheiterte. An wolkigen Tagen schlenderte ich den Rand der Böschung entlang, kilometerweit und gedankenversunken, als wollte ich die Ausdehnung der Straße durch meine Fußmärsche ermessen. Nahe dem Talausgang, etwa eine Wanderstunde vor dem Pass, fiel mir etwas Helles auf, das, größer als alle Blumen, die ich kannte, aus dem Grün der Wiese blinzelte. Ich näherte mich bis auf wenige Schritte, hielt an und zuckte im selben Moment zusammen, als ich die Mütze meines Cousins erkannte, die, vom Regen fleckig, die darunterstehenden Halme zu einer Mulde niederdrückte. Wie kam sie hierher? So weit von der Zufahrtsrampe entfernt hielt ich ein Verlieren der Kopfbedeckung während der Abreise für ausgeschlossen. Hatte mein Vetter sie absichtlich hinausgeworfen, vielleicht als letzten Gruß… oder etwa als Warnung? Ich bückte mich hinunter, streckte den Arm aus, zögerte, krümmte die Finger zu einer Faust und erhob mich wieder. Die Mütze sollte an ihrem Ort verbleiben; sie zu entfernen, hielt ich für taktlos.

Betroffen kehrte ich um und festigte meinen Entschluss, das Tal zu verlassen. Noch heute Nacht wollte ich mich aufmachen, ohne großartige Verabschiedung, ohne nennenswerte Ankündigung, unauffällig und leise. Anders als mein Cousin dachte ich jedoch, dass die Straße Motorisierte bevorzugte. Immerhin war nicht auszuschließen, dass er, als Fußgänger mit seinem Ranzen, einen fürchterlichen Unfall erlitten hatte, gleich am Beginn seiner Unternehmung, dort, wo am Fuß der Böschung die Cordmütze von einer rätselhaften Abirrung zeugte. So borgte ich mir den Motorroller meines Vaters aus, schob ihn behutsam aus dem Schuppen und stieg erst in etwas Entfernung auf. Dann steuerte ich auf die Rampe zu, die Monate zuvor meinem Cousin als Tor zum Absprung gedient hatte, und blieb mit laufendem Motor stehen. Der Aufgang glich der Gangway eines Flugzeugs, nur dass diese Maschine ihre Zutritte immerfort verriegelt und für den Betrachter opak hielt. Fast schien das elektrisierende Gedröhn an Kraft nachzulassen, um für das moderate Geknatter meines Rollers Raum zu schaffen. Am Himmel glitzerten Myriaden Sterne, fiel mir plötzlich auf: keine Wolken, aber ein Lichtermeer aus winzigen Punkten. Mein Herzschlag beschleunigte, als ich zum letzten Mal ins Tal schaute, den vertrauten Geruch der Umgebung in die Nase sog, die Zähne zusammenbiss und losfuhr.

Der Bücher Schatten

Und krankte es nicht am Vers, schnauzte er mich an, dann möge ich selbst doch zuerst die verqueren Knoten in meinen Gehirnwindungen entwirren, bevor dermaßen blasphemisches Zeug so ungeschlacht über meine Lippen sprudelte. Ich streckte ihm die Hand entgegen, die er mit einem kühlen Blick ignorierte, und beschrieb schließlich mit dem ganzen Arm einen Bogen über das Tal, zeigte auf die in der Nachmittagssonne glitzernden Dächer des Mauthausener Städtchens und fragte ihn, ob er denn allen Ernstes glaubte, dass deren Großeltern nicht allesamt die Schrift unter das Kopfkissen gesteckt hätten, um darauf auszuruhen, ob er es denn tatsächlich für möglich hielte, dass die braunen Technokraten nicht genau diese Tatsache genutzt und ihre Hebel gewieft dort angesetzt hätten, wo sie den Keim des vor zweitausend Jahren listig gesäten und über die Jahrhunderte kontinuierlich gepflegten Hasses gegenüber allem Jüdischen wussten, wo sie nicht mehr zu erklären brauchten, dass ein ganzes Volk nur Missgunst und Mord im Sinn habe und pharisäisches Gedankengut verlogen, irrig und grundsätzlich morbid sei. Freilich kehrten sie damit jedem besseren Wissen den Rücken und überhaupt dieses in eine versumpfte Grube.

Seine abschätzige Geste machte mich mit einem Mal zornig und ich fuhr auf, dass er sich seine Despektierlichkeit irgendwohin stecken solle und den Neuen Bund, den er als so großartig empfand, gleich dazu. Seine ehrwürdigen Exegeten, schleuderte ich ihm verächtlich entgegen, ritten immer auf demselben Schwachsinn herum, weil sie kategorisch ausschlössen, dass Schattierungen, die nicht in ihre traumhaft vergorene Vorstellungswelt passten, in einem sogenannten heiligen Text aufschienen. Wenn sie aber gewillt wären, sich einmal ihres eigenen Geistes zu besinnen und die Scheuklappen herunterzunehmen, um sich das gesamte Bild zu vergegenwärtigen, dann sähen sie, dass die antisemitische Propaganda keineswegs erst von den Totenkopfmützen perfektioniert wurde, sondern bereits überaus raffiniert in jene Teile der Bücher eingewoben wurde, die heute als die christlichen gelten. So käme etwa kein Jude jemals auf die Idee, das Blut eines andern auf sich selbst herab zu verwünschen, wie es der Erstgereihte der Evangelisten unterstellte; wenn schon, dann umgekehrt, über einen Verhassten, denn jeder, der sich ernsthaft mit der Geschichte beschäftige, wisse, dass dem Blut in der langen Tradition der Juden eine ganz besondere Rolle zukomme, und auch diese, glattweg magisch verbrämte Bedeutung, verwies ich mit Entschiedenheit, verstecke sich in derselben Legende, oder habe er gar nicht verstanden, was sein Erlöser mit den Gleichnissen des letzten Abendmahls meine und dass der Kreuzestod ein letztes Menschenopfer darstelle, so wie es nach Meinung der Gelehrten noch zu Zeiten der Patriarchen üblich war?

Obwohl der Ton in meiner Stimme inzwischen versöhnlicher klang, schüttelte er das Haupt, erhob sich, lief den Hügel hinab und schritt dann firm voran, zwischen den Baracken hindurch, die, links und rechts aufgebaut, trotz ihres längst musealen Daseins den unsichtbaren Mief des Schreckens ausschwitzten. Am Ende der Reihe angelangt wandte er sich abrupt mir zu und versetzte, das sei doch das genaue

Gegenteil dessen, was die Schriften enthielten, etwas mit dem Inhalt der Botschaft völlig Unverträgliches, und niemand könne ihm weismachen, diese Appellplätze, elektrifizierten Zäune und Öfen hätten auch nur das Geringste damit zu tun; überhaupt vermochte er nicht zu verstehen, wieso Ungläubige, Menschen wie ich, die aus seiner Sicht gar nichts begriffen hätten, andauernd ausfällig würden, auf den Kern des Glaubens losschlügen und damit Rechtschaffene in ihrem Innersten verletzten. Als nächsten Schritt, mutmaßte er, raube ich ihm gewiss noch das Kleinod, das so viele Aspekte seines Lebens bereichere. Als hinge die Glaubwürdigkeit des Gesagten an einem Beweis, zog er flugs das kleinformatige Buch aus der Brusttasche und ließ die Seiten an einer Ecke über den Daumen laufen, sodass ich bemerken musste, wie dünn und zahlreich sie waren.

Blödsinn, entgegnete ich entrüstet, es ginge in Wirklichkeit darum, die Augen endlich aufzumachen und die Zusammenhänge zu erkennen, sich der Gefahr bewusst zu werden, welche die Texte bärgen, und nicht die Lider zu schließen vor jenen Komponenten, die der Grundidee, die er darin wähnte, widersprachen. Letztendlich sollte er sich nicht auf die Historizität der Worte ausreden, denn damit verkläre er eine Vergangenheit, von der eine Menge im Dunkel lag, er baue eine schöne alte Welt und nostalgische Mythen, deren Kraft nicht einmal angesichts dieser Krematorien verblasse, doch in meiner Gesinnung, in jener, die er nicht anerkannte, da spannten sich die Fäden, die Güte und Rohheit miteinander verwoben, gleich unzerreißbaren Drähten über den Weg, sodass die bloße Idee, zum erblindenden Sprung anzusetzen, in einem Wimpernschlag zerstob. Benevolenz und Bestialität hielt ich in dem Werk, das er als göttlich würdigte, zu einem unlöslichen Block verschmolzen und nur die Akzeptanz intrinsischer Krankheitsherde kippe die Bedrohung von den gewohnten Schienen. Die faktische Unantastbarkeit des Kanonischen erwägend wies ich ihn hin auf die aufrichtige Wahrnehmung, die jemandem wie ihm geradewegs zur Pflicht geriete.

Als er indes mit dem Finger an die Stirn tippte und leise zischend einen geziemenden Umgang mit Ketzern wünschte, öffnete ich meiner glosenden Rage das Tor, entriss ihm in seiner Unachtsamkeit die Taschenfibel, hielt sie gegen die Sonne und klemmte mit dem anderen Arm seinen Hals ein. Keuchend brüllte ich, er solle doch hinsehen, auf den Boden, dort, wo der Schatten des Buches die Form eines brennenden Sterns und des Todes malte, immer fester versuchte ich sein Genick zu drücken und seinem Blick eine Richtung zu geben, doch während er sich allmählich der Umklammerung entwand, vor Anstrengung stöhnte, im nächsten Moment gellend aufschrie und mit überraschender Vehemenz anhob, mir schmerzhaft in die Rippen zu boxen, lockerte ich meinen Griff und verstand, dass niemals wohl ein Mensch ihn dazu brächte, auch nur ein einziges Mal genau hinzuschauen.

Das Gehöft

Der obere Balken maß gut drei Meter und hing vom Dach-
giebel schräg zu Boden, während das verkohlte Ende etwa in
Kopfhöhe stand. Sogar die Mauern zeigten Brandspuren und
dort, wo einmal die Scheune gestanden, sah man nur mehr
die Überreste des Fundaments, von Gestrüpp bedeckte Bretter und, etwas weiter hinten, einen noch immer kreisrunden,
aber mit Gräsern bewachsenen Krater. Schotter und Flecken
von nackter Erde markierten den Hof und viele Stellen trugen die Spuren von Traktorrädern oder Panzerketten, die
trotz der häufigen Regenfälle nie völlig verwuschen. Porzel-
lanscherben verrieten die Nähe der Küche, deren Mauern,
zerschossen und versengt, mit den Jahren abbröckelten und
verwitterten. Kein einziges Dach war erhalten und jeden
Schritt musste der Betrachter behutsam setzen, wollte er
nicht eine Ratte oder eine Feldmaus aufscheuchen.

»Ich erinnere mich«, sagte der alte Mann mit brüchiger
Stimme und drehte sich langsam um die eigene Achse herum. Mit dem Stock stach er immer wieder in die Erde, so, als
wollte er ihre Tragfähigkeit prüfen. Er machte ein paar
Schritte in den Hof, ließ den Blick über den Pflanzenbe-
wuchs der Ruinen streifen, atmete tief ein und seufzte, hörbar und in Gedanken versunken. Unvergänglicher Schmerz
blickte aus seinen Augen, eine traurige Sehnsucht und das
bittere Eingeständnis, das Vergangene nicht zurückholen zu
können. Als eine Katze über die niedrigen Mauern lief, den
alten Mann für einen Moment lang anstarrte und fauchte,

um gleich darauf wieder zwischen den Büschen zu verschwinden, rührte er sich kaum.

»Von dort«, sagte er und wies mit ausgestrecktem Arm auf einen fast intakt gebliebenen Türstock, »von dort war er rausgekommen. Sie haben ihn gerufen, laut, gegrölt haben sie. Sie haben ihn beleidigt, und dann ist er rausgekommen, weil er halt wütend war.« Er biss sich auf die Lippen und senkte den Kopf, um die Tränen zu verbergen, die sich, ohne dass er es wollte, gebildet hatten.

»Er wollt' mit ihnen reden«, setzte er fort und verstummte. Die Hand hatte er in die Manteltasche gestopft, als er zwei Schritte zurückwich, in den nahezu wolkenlosen Himmel schaute, nickte und sich zögernd umwandte. »Das weiß ich nicht mehr, nein… ob sie gleich geschossen haben oder erst ein wenig später.«

Irgendwo verursachte der Wind, obwohl kaum spürbar, ein schwach pfeifendes Geräusch, das bloß in der Nähe der Mauerreste auftrat. Zahlreiche Ritzen, Löcher und Bruchstellen machten die Wände durchlässig, während viele morsche Holzbalken, die das Feuer verschont hatte, jeden Augenblick abzubrechen drohten. Ganz in der Nähe besaß das Heer seinen Truppenübungsplatz, der trotz wiederholter Proteste der Bevölkerung nicht aufgelassen wurde. Der alte Mann schob den Stock ein kleines Stück vor, kehrte einen Stein, dessen Farbe ihm auffiel, mit der Fußspitze um und ging danach mit kindlich unsicher wirkenden Schritten den Weg zurück, den er gekommen war.

Das Begräbnis

Ich glaube nicht, dass ich die Kinder des Dorfes jemals zu einer anderen Gelegenheit versammelt gesehen hätte. Im Vordergrund rannten die ganz Kleinen herum und versperrten mir die Sicht, sodass ich zuerst auf das monotone Klagelied aufmerksam wurde, das die Mädchen anstimmten. Als sie die Blicke der Dorfstraße zuwandten, bemerkte ich eine kleine Gruppe, die eben vor das mittelalterliche Tor trat: Sechs Knaben trugen einen schweren Gegenstand in ihrer Mitte, den sie nur unter großer Anstrengung und sehr langsam von der Stelle brachten.

Vorsichtig, wankend und mit unsicheren Schritten näherten sich die sechs den andern, die wie auf Befehl eine Gasse bildeten. Mich erstaunte die Ruhe der Kinder, ihre Ernsthaftigkeit, die mir noch nie an ihnen aufgefallen war und die sie vielleicht sogar zum ersten Mal zeigten.

Die Buben blieben stehen und ließen den Gegenstand zu Boden gleiten. Schweigsam traten sie zurück und ich hielt den Atem an, als ich einen hölzernen, schmucklosen Sarg erkannte. Einen kleinen Sarg, wie man ihn üblicherweise für die Beerdigung eines Kindes verwendete.

Einer der sechs Knaben hob den Arm und die Mädchen verstummten. Bujo, mit seinen dreizehn Jahren wahrscheinlich der Älteste, murmelte ein paar Worte, die ich wegen der Entfernung nicht verstand. Die andern nickten, als die dreijährige Duša vortrat und sich zum Sarg kniete. Ich verstand, dass dies nicht ausgemacht war, doch als zwei der Buben sie zurückholen wollten, brachte Bujo sie mit einer raschen Handbewegung davon ab. Er selbst beugte sich zu dem Mädchen und flüsterte ihm etwas ins Ohr. Dann nahm er es bei der Hand und führte es zu seiner Schwester Fatima zurück.

Der Sarg wurde wieder aufgehoben und auf den Hügel getragen. Oben standen Vlado und Bogdan, die Zwillinge, die in der Zwischenzeit eine für den Sarg passende Grube ausgehoben hatten. Sichtlich zufrieden mit ihrer Leistung, standen sie, auf die Schaufeln gestützt, am Rand.

Als sich der Sarg vor der Grube befand, trat Dragan vor die Kinder und nahm einen Zettel heraus. Er war erst neun Jahre alt, doch im ganzen Dorf als der Belesenste bekannt. Man sagte, dass er jedes Buch, das irgendeiner der Dorfbewohner besaß, schon mindestens einmal gelesen hatte. Er sprach leise und mit zitternder Stimme, sagte etwas vom Sterben, vom Zusammenleben und von ungewollten Wendungen des Lebens, dann stockte er, begann zu weinen und der Zettel fiel zu Boden.

Kein Ton war zu hören, und obwohl ich die Kinder in ähnlichen Situationen höhnisch und auf ihre Art boshaft erlebt hatte, vernahm ich weder Lachen noch Spott. »Dragane«, rief Aziza, die den Kopf gehoben hatte, »wir wollen noch einmal hineinsehen!« Die anderen Kinder nickten und mit einer Bewegung des Kinns forderte Bujo den zehnjährigen Branko auf, den Sarg zu öffnen. Branko war stolz, der Sohn des Tischlers zu sein; eines Tages wollte er die Werkstatt seines Vaters übernehmen. Wenn es darum ging, Spielzeug zu reparieren, kamen sie alle zu ihm, und nur selten benötigte er die Hilfe des Vaters. Jetzt hockte er vor dem Sarg, hantierte geschäftig herum und hob mit einem plötzlichen Ruck den Deckel hoch, um ihn ein Stück wegzuschieben, sodass man hineinsah.

Das Innere des Sarges hatten die Kinder mit Tüchern ausgelegt und in der Mitte lagen ein paar Früchte, unverdorbene, fleckenlose, vielleicht noch unreife, auf jeden Fall aber ganz frisches Obst, wie man es überhaupt nur selten zu kaufen bekam. Der Sarg wurde umringt, doch herrschte völliges Schweigen, das mir zunehmend unnatürlich vorkam, weil es so lange andauerte. Alle hielten still, nur die kleine Duša schien einen Augenblick mit der Zunge die Lippen zu befeuchten.

Branko verschloss den Sarg wieder und gemeinsam mit drei andern hob er ihn hoch, um ihn vorsichtig in die Grube zu senken. Danach traten sie zurück. Wenige Minuten später ging jedes der Kinder am Grab vorbei und warf eine Blume hinein, wobei es ein paar Worte sprach, vielleicht an Vergangenes erinnerte oder sich etwas wünschte. Zuerst kamen die Kleinen an die Reihe, wie Duša und Fatima, dann die Großen. Bujo war der Letzte.

Die Kinder setzten sich eng in einem Halbkreis zusammen, hielten einander an den Händen fest und sahen zu, wie Vlado und Bogdan, angestrengt und bemüht, ihr Bestes zu geben, das Grab zuschaufelten, die übrig gebliebene Erde darüber häuften und mit einem Stein krönten, der so schwer war, dass sie ihn nur gemeinsam hoben.

Bujo kniete vor dem Stein nieder. Er zog ein Stück rote Kreide aus der Hosentasche und begann ein Wort zu schreiben, als er innehielt, nach einem langen Blick auf die anderen Kinder die bereits vorhandenen Buchstaben durchstrich und das Kreidestück wieder einsteckte.

Momentaufnahme

Hing ich noch zwischen Tür und Angel, als Muhammad meine Hand ergriff und still fragte, ob ich davon gehört hätte. Sein Blick war zu Boden gerichtet, ungewohnt, wo er doch dafür bekannt war, einem bei jedem Gespräch so intensiv in die Augen zu schauen, dass es fast schmerzte. Ohne mein Kopfschütteln abzuwarten wies er auf den Nachrichtensender, der im Hintergrund lief, beständig in verhaltener Lautstärke die Sätze täglicher Erschütterungen in den Raum streute und mir jählings die Simultaneität unterschiedlicher Wahrnehmungen vergegenwärtigte. Schon wieder, dachte ich laut, schon wieder, und es kommt immer näher, doch Muhammad, dessen Finger nun forsch auf meinen Handrücken trommelten, schüttelte den Kopf und meinte, das sei ein ganz falscher Ansatz. Ein falscher Ansatz, vielleicht, doch gab er nicht jenen recht, die ganz pauschal die gesamte Kultur verdammten? Nein, warf er ein, sie verdammten nicht eine Kultur, sondern eine Religion, einen Glauben, was zudem viel schlimmer sei. Während ich einen kurzen Moment die Augen schloss, um mir die Szenerie in den Madrider Vororten zu verbildlichen, und mir einfiel, dass Concha, die ich schon seit zwei Jahren nicht mehr gesehen hatte, oft mit ihrer Familie eben diese Zugverbindung nutzte, sagte Muhammad, es täte ihm leid und er verstehe nicht, wie Worte derart unsinnig und mörderisch ausgelegt werden konnten. Als ich ihm entgegenhielt, es gäbe andere, die wie er in Anspruch nähmen, die Lehre genau zu kennen, und quasi das Gegenteil erzählten, ja die Anschläge jener sowie geplante eigene nicht nur als richtig, sondern gottgewollt darstellten und Glaubensbrüder wie ihn als Verräter bezeichneten, seufzte er und legte den Arm um meine Schulter, ohne mir zu widersprechen. Erst ein paar Minuten später fragte er, wem ich eigentlich glaube, und ich meinte, ich sei mir nicht mehr sicher, nach allem, was geschehen war, denn als ein Außenstehender könne ich nur auf jene hören, die behaupten, sie verstünden die Lehre des Propheten. Aber es sei mir unendlich schwierig, wenn nicht sogar völlig verschlossen, Wahres von Unwahrem zu trennen, denn jedes Mal, wenn ich eine Entscheidung für das eine oder das andere vornähme, stünden viele auf und meinten, ich hätte schon wieder aus meinem eigenen hochnäsigen Weltbild heraus entschieden, ohne zu verstehen, worum es eigentlich ging. Muhammad zog eine Augenbraue hoch und verriet seine Ratlosigkeit, doch in diesem Moment fasste ich seine Hand, um ihm in einer verbindlichen Geste zu bedeuten, dass wir beide letztlich gemeinsam in der Luft hingen.

Verdächtig

Mit weit ausholenden Schritten rannte ich ins Wohnzimmer, maß das Bücherregal mit den Augen und trat mit fragwürdiger Zielsicherheit in die Ecke. Meine Hand schwebte bereits vor den Buchrücken, doch ich suchte noch, bemühte mich, die Aufschriften mit einem einzigen Blick zu erfassen und schluckte den Zorn darüber, dass ich mich nicht mehr an die Farbe des Einbandes erinnerte, hinunter – Wut schien mir lediglich dazu geeignet, Zeit unnütz zu vergeuden. Wie Minuten kam es mir vor, lange Minuten, die ich in Gedanken von einem Buchtitel zum nächsten hüpfte. Schließlich wurde ich fündig, ganz unten (wo sonst?), und fühlte mich erleichtert, als ich den Band herausfischte, kurz ansah, unbewusst nickte und mich umdrehte, um wieder hinauszulaufen. Wie aber sollte ich es nun beseitigen? Die Klospülung fiel mir ein, Szenen, die ich in zahlreichen Filmen gesehen hatte, in den wöchentlichen Krimiserien zumeist, etwas seltener in politischen Satiren – doch wenn Wasser sich zum Wegspülen von Drogen eignen mag, scheitert es am Auflösen von Papier und, in diesem Fall, eines traditionell in Leinen gebundenen Umschlags. Die Wände betrachtend wand ich mich unschlüssig hin und her, forschte nach einer Lösung, nach einem Werkzeug, das geeignet wäre, mir die Arbeit zu erleichtern oder gänzlich abzunehmen. So wenig Zeit, und ich spürte mit allen Sinnen, dass dieses Buch unwiderruflich verschwinden musste. Über alle anderen wagte ich zu diskutieren und fände zahlreiche Rechtfertigungen: meine Studien

120

und die Artikel, das Wissen, das ich mir im Laufe der Jahre angeeignet, die Notwendigkeit, mich auch in Material zu vertiefen, dessen Ursprung und Inhalt unter jedem Betrachtungswinkel bedenklich blieben. Bloß dieses eine Buch vermochte ich nicht zu verteidigen, denn es stand auf einer Liste unmissverständlich verbotener Schriften. Ich wusste aus dem Fernsehen, aus der Zeitung und von Freunden, wie unerbittlich sein Besitz geahndet wurde. Ein Feuerzeug, murmelte ich unverwandt vor mich hin, ja, ein Feuerzeug! In der Küche lag eines herum, weil der Gasherd unaufhörlich den Dienst versagte und der Anzünder selten funktionierte. Ich lief zum Küchenschrank, riss die Lade auf, sodass sie um ein Haar herausfiel, fuhr mit der Hand hinein und schob Zahnstocherpäckchen, Kerzen, Fleischspieße, Gummiringe und Flaschenverschlüsse wild durcheinander, bis ich das Feuerzeug mit den Fingern spürte. Noch niemals hatte ich etwas in der Wohnung verbrannt. Angesichts der leisen Vermutung, die Spüle würde der Hitze schon standhalten, warf ich das Buch auf das zum Glück trockene Blech. Ich schlug den Band auf, irgendwo in der Mitte, und verharrte einen Moment, als mein Blick auf einen Satz fiel, den ich schon viele Jahre mit mir herumtrug; auf einen Satz, der die Menschlichkeit definierte, in einer Art und Weise, die mir Wärme und Weitsichtigkeit vermittelte. Dann entzündete ich das Feuer, hielt inne und spürte den Schmerz, der sich breitmachte, Trauer und eine Sehnsucht nach dem für immer Verlorenen. Mit der Flamme bestrich ich die Seiten, einmal links und dann rechts, damit sie alles rasch verzehrte. Ich zuckte vor dem schwarzen Rauch zurück und wunderte mich, wieso das Papier nicht sauberer verbrannte, griff im Reflex auf den Wasserhahn und zog die Hand wieder zurück, denn ich durfte die wachsende Lohe keineswegs auslöschen; ich musste warten, bis alles vorüber war, dann erst das Fenster öffnen, um frische Luft in die Küche zu holen. Das Buch brannte gemächlich, viel zu langsam, und ich hoffte, die Hitze würde ausreichen, auch den Leineneinband zu beseitigen, als ich draußen die quietschenden Bremsen der Autos vernahm und insgeheim zum Stiegenhaus hinhorchte, um die Nähe der unerbittlich hochtrippelnden Schritte abzuschätzen. Mit wachsender Nervosität öffnete ich die Bestecklade, fasste nach einem der Kochlöffel und warf ihn gleich wieder zurück, weil Kunststoff schmolz und mir nicht weiterhalf. Ich entschied mich für eine Gabel, obwohl ihr Stiel viel zu kurz war und das Feuer mit Leichtigkeit meine Finger versengen würde. Die Gabel benötigte ich zum Umblättern und ich lockte die Flammen ins Innere des Buches, bis zum Buchrücken, der bisher großteils verschont geblieben. Viele Seiten hatten sich schwarz zusammengezogen und die Kanten verglühten zunehmend zu Asche. Zuerst plante ich, das verzehrte Papier in den Müll zu stopfen, doch war mir bewusst, wie akribisch die Wohnung durchkämmt würde. Das Klosett kam nicht mehr in Frage, denn auf dem Gang näherten sich die Schritte unnachgiebig, hastig und bestimmt, mit entschlossener Brutalität. Als sie an die Tür pochten, schrumpften die Flammen zusammen, da außer den durch und durch verkohlten Seiten nichts mehr übrigblieb. Mit der Gabel zerstocherte ich die Überreste, zerriss sie in winzige Stücke und drehte mit der anderen Hand den Wasserhahn auf, um die Rückstände fortzuspülen. Ein dunkler Fleck markierte das Blech der Spüle und ich überlegte, wie ich den Brandfleck

122

erklären sollte. Hitze stieg in mir auf, Furcht schnürte den Hals zu. Das Klopfen wurde lauter, ich vernahm Stimmen, die meinen Namen riefen, ich mutmaßte Scharfschützen auf den umliegenden Dächern und öffnete das Fenster mit dem ausgestreckten Arm, wobei ich den Kopf tunlichst zurückhielt. Den Geruch wurde ich so rasch nicht los und ich begab mich zögernd zur Türschwelle, schrak zurück, als die Eingangstür unter den Tritten aufbarst und die Klinke an die Wand knallte. Fiebernd, nein: zitternd, hob ich die Arme über den Kopf, verschränkte die Finger ineinander und kniff die Augenlider zusammen, während die Männer mit ihren entsicherten Waffen die Wohnung stürmten.

Generalprobe

Mit schlurfenden Schritten, die vom Fortschreiten des Alters kündeten, visierte der General einen Sitz in der ersten Reihe an und nahm Platz (als wäre dieser Stuhl ohnehin nur für jemanden wie ihn reserviert). Er stützte das Kinn auf die rechte Hand und starrte zu Boden, ohne die Miene zu verziehen.

»Das ist aber auch keine Lösung«, meinte die Probe schnippisch und setzte sich auf den vorderen Rand der Bühne, sodass ihre Beine wie trostlose Girlanden herabbaumelten. »Sieh dir die vielen Statisten an!« (Ausgestreckten Arms beschrieb sie einen Halbkreis.) »Alles Figuren, die von uns bewegt werden wollen! Stumme Holzmännchen, die auf unsere Entscheidung warten!«

Der General blickte der Probe ins Gesicht, bewegte die Lippen und murmelte dann etwas von bunten Kostümen, geharnischten Muskeln und federgeschmückten Hütchen, die er nicht missen wolle.

»Quatsch!«, unterbrach ihn die Probe und versicherte: »Das können wir doch nicht machen. Du weißt, ohne uns hat das Stück nicht die geringste Chance, jemals aufgeführt zu werden, das ist nun einmal so – ungerecht und bitter, aber die nackte Wahrheit.«

Das Stück, um das es ging, ein wenig im Abseits, nickte kaum merklich. Sein Blick verriet Neugier und Befangenheit, trotz des Läufers, der ihm von der Kassa bis zum eisernen Vorhang ausgerollt worden war.

»Sieh doch endlich ein«, beschwor die Probe, »dass so ein Stück nichts, das heißt: wirklich nichts, unternehmen kann, solange wir beide untätig herumsitzen und in die Luft starren. Das ist doch nicht fair, oder…?«

Zaghaft ließ sich das Stück neben dem General nieder (mit bloß ein wenig mehr Mut wäre es tatsächlich auf seinem Schoß gelandet), ergriff seine Schulter und blickte ihn eindringlich an. Seine Hand wirkte knöchern und der Schädel leichenblass.

Die Probe sprang auf und plärrte, während sie geradezu obsessiv harlekinesk über die Bühne hüpfte: »Sieh diesen hier, der mit hängendem Kopf den Mäusen beim Ringelreihen zusieht! Oder magst du den hier lieber mit den drei vertrockneten Haaren auf dem Kopf? Sag doch, bevorzugst du die Straßenhure mit den verfänglichen Netzstrümpfen oder den verschwitzt riechenden Bankdirektor mit seiner Aktentasche? Wenn du willst, kannst du sie alle haben. Alle, alle, alle. Geh hin und entscheide! Hörst du? Geh hin und entscheide! Wir warten auf dich.«

Nach kurzem Zögern wandte das Stück (zum ersten Mal richtig keck) ein: »Sie hat recht, die Probe – das kann ich schon sagen. Wir dürfen nämlich nicht untätig herumsitzen. Nein, das dürfen wir nicht. Nein. Eine Aufgabe erwartet uns; ja. Und das heißt: Wir sollten uns ihr zuwenden. Der Aufgabe zuwenden. Ja. Denn denkt euch, allmählich bin ich es leid, immer als Spiel abgetan zu werden; jetzt sollen alle einmal hersehen und verstehen lernen, wie ernst ich im Grunde bin. Die Probe, die hilft mir ja schon seit Jahren; aber dich, General, dich brauchen wir noch, damit es tatsächlich losgehen kann.«

Ob der Lethargie des dermaßen Alten konsterniert verstummte das Stück. Dumpfes Schweigen, eisig anmutend, kroch über die samtrot gehaltene Bestuhlung und legte sich gleich einem knöchelhohen Teppich über den Bühnenbereich. Einer der Scheinwerfer begann zu flackern, schickte unregelmäßige Zuckungen herab, fing sich dann wieder und fiel plötzlich zur Gänze aus. Um eine billige Nuance hatte die Helligkeit der Szenerie nachgelassen (wenngleich ihre Schlüpfrigkeit wohl gewann). Minuten verstrichen.

Nachdenklich erhob sich der General und stapfte die Stufen zur Bühne hinauf. Je deutlicher er den Zenit der Macht vor sich erkannte, desto fester und entschlossener hallten seine Schritte durch den Raum. Das Lächeln der Schauspieler war längst zur Grimasse erfroren. Ein kleines Mädchen führte seinen Hund an der Leine. Der Landstreicher hatte nichts zu essen und der Kranke stand Rücken an Rücken zu einer werdenden Mutter. Der General erschaute die zahlreichen Häuser der Kulisse, roch die Abgase, mit denen sie dem Publikum das lebensnahe Spektakel vorgaukelten (aber eben nur gaukelten). Hoch über seinem Kopf zauberten Seile ein vielschichtiges Muster; und jede Bewegung gelang ihnen lautlos.

Das Stück seufzte. Insgeheim lugte es zum General, der, in Gedanken versunken, auf der Bühne auf und ab marschierte, schimärenhafte Schachfiguren vor den Augen. Verborgen grienend hockte die Probe sich nun auf die Bühnenbretter. Sie ahnte den Ausgang der Diskussion, denn sie hatte in ihrem Leben erfahren, dass eigentlich alles aus zäher Wiederholung bestand. Und diesmal, so dachte sie, würde es nicht anders kommen.

Der General indes trat zum Vorderrand der Bühne, staunte über die schrecklich leeren Auswege und verkündete, zum Stück gewandt: »Einverstanden. Und wenn ihr wollt, dann können wir sofort damit anfangen.«

Die beiden andern standen auf und näherten sich. Einen Wimpernschlag später fassten sie einander an den Händen und gaben sich hin, den Weltuntergang zu erproben.

Der Installateur

Selbstverständlich schmunzle ich über die Episode mit dem Installateur. Schon vor Wochen war er bestellt gewesen, doch als der Handwerker tatsächlich vor meiner Tür stand, schaffte ich es gerade noch, den Bademantel überzuwerfen, um zur Tür zu laufen. Jetzt sei kaum mehr etwas zu tun, fuhr ich ihn trotz meiner Mattigkeit an, doch er schob mich zur Seite und murmelte etwas von den üblichen Arbeiten, die immer zu leisten seien. Außerdem wäre zu kontrollieren, ob die Mieter vorhandene Installationen stets mit Hilfe eines Fachmannes durchgeführt hätten.

Ziemlich schläfrig hinter ihm hertrottend gab ich mich geschlagen und machte Ansätze, ihm den Weg zu weisen, doch er stapfte zielstrebig auf die Badezimmertür zu, ohne mich weiter zu beachten. Ob er noch etwas brauche, fragte ich leise und schloss die Tür, als ich sein konzentriertes, die wenigen über dem Putz verlaufenden Rohre betrachtendes Gesicht bemerkte. Ich zog mich wieder ins Schlafzimmer zurück, gähnte, um die Müdigkeit loszuwerden, und beeilte mich mit dem Ankleiden. Ich wollte ihm zumindest angezogen gegenübertreten, wenn er die Kontrolle beendete, und mutmaßte zu diesem Zeitpunkt, den aufdringlichen Besucher höchstens eine halbe Stunde in der Wohnung zu haben.

Zu meiner Überraschung blieb indes die Badezimmertür geschlossen, und ich vernahm metallisches Hämmern und andere Geräusche, die mir verrieten, dass der Installateur in seiner Werkzeugkiste kramte, Wandverputz abschabte und festsitzende Muttern löste. Ich hoffte nur, dass er die Wasserzufuhr rechtzeitig unterbräche.

Am Nachmittag klopfte ich an und drückte die Klinke nieder. Als der Krach verstummte, fragte ich den Installateur, ob er zu essen wünsche. Er schüttelte den Kopf und meinte, erst nach getaner Arbeit wolle er etwas zu sich nehmen, im Augenblick sei er zu sehr beschäftigt. In der Zwischenzeit hatte er einen Teil der Mauer aufgestemmt, Rohre freigelegt und ausgetauscht, an einer Stelle fehlte ein Stück, und darunter sammelte sich eine Wasserlache. Wortlos wies er auf ein neues Kupferrohr, das in den Raum hineinragte. Ich verstand zwar nicht, was er mit dieser Abzweigung beabsichtigte, gab mich jedoch mit meinem Nichtwissen zufrieden, wohl darauf vertrauend, dass der Handwerker wüsste, was er tat. Das abgesetzte, Vertrauen erweckende Hämmern klang mir sogar im Ohr, als ich gegen elf Uhr abends einschlief.

Ein schlagartig auftretendes Gerumse riss mich ziemlich unsanft aus meinem Schlaf. Bereits neun Uhr, sagte mir ein Blick auf den Wecker, den einzuschalten ich vergessen hatte. Hastig zog ich mich an und ging zum Badezimmer. Der Boden davor schien nass, offensichtlich war eines der Rohre geplatzt. Ich öffnete die Tür und sah den Installateur inmitten eines Rohrgestells sitzen, das er während der Nacht errichtet haben musste. Eben brachte er den letzten Wasserguss mit einer Zange und unter großer Kraftanstrengung zum Versiegen; Schweiß stand auf seiner Stirn, und die Augen, gerötet, denunzierten die durchwachte Nacht. Außerdem, fiel mir auf, musste die Leuchtstoffröhre bald ausgetauscht werden.

Meine Frage nach einem stärkenden Frühstück wurde mit Kopfschütteln beantwortet. Danach verlangte er jedoch mit Entschiedenheit: »Sie bringen mir Kaffee!« Von seiner jähen Forschheit überrascht begab ich mich in die Küche und suchte den letzten Rest Kaffee, da ich nur dann welchen trank, wenn Freunde eingeladen waren. Ich hielt es sogar für ratsam, später noch mehr zu besorgen, denn wie es aussah, gedachte der Installateur längere Zeit in meinem Badezimmer zu verweilen.

Als ich Tasse und Zucker hinausbrachte, fand ich den Handwerker telefonierend im Vorzimmer; er sprach irgendetwas von Rohren und legte gleich danach auf. Den Rücken zu mir gewandt, wischte er sich die Stirn mit einem Tuch trocken, das er aus dem Arbeitsoverall gezogen hatte. Ruckartig wandte er sich um und sah, dass ich auf der Schwelle verharrte, um sein Telefonat nicht zu stören. »Ausgezeichnet«, sagte er, griff zum Kaffee und meinte, er brauche weiteres Arbeitsmaterial, das in etwa einer Stunde geliefert würde. Bis dahin wolle er ein bisschen ausruhen und ob ich denn ein Butterbrot für ihn hätte. Ich nickte und ging in die Küche zurück, um sein Frühstücksbrot zu streichen.

Tatsächlich kamen eine Stunde später zwei Kollegen vorbei und schafften zusätzliche Rohre ins Badezimmer. Ich setzte mich in einen Fauteuil, um das Treiben zu beobachten, und weil die Lieferung etwa zwanzig Minuten andauerte, begann ich darüber zu grübeln, was der Installateur wohl mit so vielen Rohren anfinge.

Als ich wieder ins Bad schaute, war er damit beschäftigt, drei oder vier lange Leitungen direkt neben dem Eingang aufzurichten. Er meinte, während der nächsten Stunden sei die Tür nicht mehr zu öffnen und er werde eine Zeit lang im Raum bleiben, doch könne ich ihm den Kaffee jederzeit unter diesen beiden Rohren, die er mit einer Geste bezeichnete, durchschieben. Entmutigt nickte ich und schloss die Tür. Was hätte ich tun sollen? Schließlich brauchte ich mein Badezimmer und war gewissermaßen auf eine Fachkraft angewiesen!

Das regelmäßige Hämmern gehörte inzwischen zu den vertrauten Wohnungsgeräuschen, und ich beschloss, meine Besorgungen zu machen und unter anderem auch neuen Kaffee zu kaufen, um den Handwerker bei Stimmung zu halten.

Nach meiner Rückkehr stellte ich die Lebensmittel in den Kühlschrank und den Vorratsraum, als mir auffiel, wie leise das Pochen aus dem Bad klang. Etwas später und nach einigem Zögern öffnete ich die Tür und sah mich einem undurchdringbaren Wirrwarr von Rohren gegenüber, die bereits einen Großteil des Raumes ausfüllten. Vom Installateur bemerkte ich lediglich in einer vielleicht zufällig entstandenen Öffnung die Hand, die Muttern festschraubte und Rohre fixierte. Die Hand war schmutzig und verschwitzt. Mich wunderte nichts mehr und ich zog die leere Kaffeetasse heraus, die ich auf dem Boden entdeckte.

Mehrere Minuten danach schob ich frischen Kaffee in die Luke zwischen den Rohren, die er mir zuvor genannt. Ich hörte ihn ein »Danke« murmeln, danach unterbrach er das Hämmern für einige Sekunden. Gleich darauf setzte es wieder ein und ich fragte mit verhaltener Stimme, ob es denn wirklich notwendig sei, so viele Rohre ins Badezimmer zu pflanzen. Auch zuvor hätte ich keinerlei Probleme gehabt, konnte so viel Wasser nutzen, wie ich wollte, und hatte niemals einen Rohrbruch erlebt. Diese vielen Rohre, gab ich mit vorsichtigem Nachdruck zu bedenken, schienen mir übertrieben.

Der Installateur hielt augenblicklich inne und schwieg. Jetzt schämte ich mich für meine Frage, dafür, sein Fachwissen anzuzweifeln, und wich ein paar Schritte zurück, um die Tür zu schließen und damit meinen Versöhnungswillen zu bekunden. Als ich die Klinke losließ, ertönte das Hämmern von Neuem.

Während einer guten Stunde ging mir die Szene dann nicht aus dem Kopf, und erste Zweifel daran, ob die ungewöhnlichen Vorgänge überhaupt ordnungsgemäß verliefen, gewannen in meiner Überlegung an Gestalt. Ein zweimaliges, besonders heftiges Klopfen unterbrach mein Grübeln abrupt und rief mich hinaus. Der Installateur, dessen Stimme dünn zu mir drang, bat um mehr Kaffee. Ich zog die leere Tasse heraus, überlegte einen Augenblick und schlug ihm die Bitte ab. Seine Weigerung, auf meine Skepsis einzugehen, hatte mich ungeduldig gemacht. Ich hörte ihn kurz schnaufen, doch entgegnete er kein Wort. So schloss ich die Tür mit der plötzlichen Eingebung, sie überhaupt nicht mehr zu öffnen, währenddessen der Installateur eifrig weiterlärmte.

Erst Tage später wurden die Geräusche schwächer. Da ich keine weiteren Rohre erhalten hatte, die geeignet gewesen wären, den Schall zu mindern, schloss ich auf eine zunehmende Entkräftung des Mannes. Immer öfter wiederkehrende Pausen und angenehm ruhige Nächte unterstrichen meine Vermutung. Ab und zu verharrte ich vor der geschlossenen Tür; der Installateur schien meine Anwesenheit indes zu erahnen, denn er unterbrach die Arbeit und lauerte, bis ich mich wieder entfernte.

Schließlich verstummte das Hämmern. Vorsichtig spähte ich durch einen Türspalt ins Bad, um zu prüfen, ob er jetzt vielleicht vornehmlich mit der Rohrzange werkte. Aber es blieb völlig still. Ich knipste das bereits sehr schwach gewordene Licht aus und machte wieder zu. Irgendwann ging mir durch den Kopf, dass ich die Türritzen womöglich mit einer geeigneten Knetmasse abdichten sollte, um den Geruch von der Wohnung fernzuhalten, doch Eile empfand ich dabei nicht.

So beschloss ich einen Spaziergang zu machen und schlüpfte in die Schuhe. Vorübergehend konnte ich mich durchaus in der Küche waschen, allerdings war mir klar, dass ich dann und wann eine Dusche benötigte. Eine neue Duschzelle hieß allerdings, Platz in der ohnehin sehr eng bemessenen Wohnung zu opfern, wodurch ich eher zu einem Wohnungswechsel tendierte, aber ich verschob die endgültige Entscheidung auf einen späteren Zeitpunkt. In der sonnigen Vorstadt fühlte ich mich richtig erleichtert, dem endlosen Gehämmer entkommen zu sein, und überlegte nur mehr, ob ich die zu erwartende Rechnung angesichts des erlittenen Ärgers überhaupt bezahlen sollte.

Der Geier

Er flog hoch über den Zenit, da hatte ich ihn schon gesehen, versuchte, mich klein zu machen, den Kopf einzuziehen und ihn nicht anzuschauen. Vergeblich. Geradenwegs kam er auf mich zu, die Flügel weit ausgebreitet und völlig geräuschlos. Dann streckte er die Krallen vor und landete in einiger Entfernung. Der Geier begann um mich herumzulaufen, machte vereinzelt Sprünge, den Kopf vor- und zurückwippend, seine mögliche Beute beobachtend. Ich konnte mich nicht mehr entsinnen, wer die Behauptung aufgestellt hatte, die Geier wären in dieser Gegend ausgerottet. Ich stellte mich tot, schloss die Augen und zwang mich, kaum zu atmen, den Brustkörper möglichst reglos zu halten und ihn durch diese Finte von mir abzulenken. Da fiel mir ein, dass gerade dieser Zustand ihm verlockend erscheinen musste, und ich begann, an den Riemen zu zerren, die meine Knöchel umschlossen, drehte den Kopf ruckartig auf die eine und dann wieder auf die andere Seite und schrie ihn an, dass er sich verziehen solle, beschimpfte ihn und suchte nach den Beleidigungen, die ich mir im Laufe meines Lebens angeeignet hatte. Wohl eine halbe Stunde währte dieses Schauspiel, dann war ich heiser. Ich bekämpfte die Müdigkeit, hoffte, einen Augenblick verschnaufen zu können, als der Geier plötzlich mit den Flügeln schlug und sich näherte. Er stand zwischen meinen Beinen, beschaute mich von der Seite, als wollte er abwägen, wie lange es noch dauerte. Als er überraschend auf meinen Bauch hackte, schrie ich auf und versuchte, soweit es meine Lage zuließ, nach ihm zu schlagen. Indes sah ich nur mehr die Flügel, als er wenige Meter von mir entfernt auf einem hohen Felsen Platz nahm. Die Stelle, an der er mich getroffen hatte, schmerzte, obwohl keine Wunde zu erkennen war. Eine ganze Weile verharrten wir in dieser Position, einander beobachtend, wartend. Dann verließ er seinen Platz, flog auf mich zu, berührte mich mit den Krallen an den Knien und stieß zu. Ich spürte, wie etwas in den Oberschenkelmuskel drang und wunderte mich über die Härte des Schnabels. Als er den Kopf zurückzog, glaubte ich einen Fetzen Fleisch zu erkennen, der auf der einen Seite herabhing. Die Wunde brannte. Der Geier sprang auf mein Schienbein und ich atmete auf, als er sich seitlich von mir niederließ. Noch einmal brüllte ich ihn an, alle Kräfte zusammenraffend, um die drohende Gefahr abzuwenden. Aber er ließ sich nicht beeindrucken. Ich erschrak, als er laut in mein Ohr krächzte. Ganz dicht kam der Geier heran, mehrmals berührte er meine Brust und schien mein Zucken und Winden zu genießen – oder aber er prüfte, wie viel Widerstand sich noch in meinem Körper befand. Sein Schnabel schlug stechende Wunden in meine Haut, und es brannte, als er von Neuem ein Stück Muskel herauszog. Die Feuchtigkeit war Blut; eine Feuchtigkeit, die sich ganz deutlich von jener des Schweißes unterschied. Ich sah die rote Farbe auf seinem Schnabel, sogar der weiße, nackte Hals hatte ein paar Flecken abbekommen. Mir wurde übel, das Licht trübte und ich riss die Augen auf, um den Nebel, den ich wahrnahm, zu vertreiben. Der Vogel sprang von einer Seite auf die andere, bohrte den Schnabel immer wieder tief in meinen Körper und machte es mir unmöglich, den Ort seiner Angriffe genau festzustellen. Ich hatte nicht gewusst, wie sehr Blut stank, doch war ich mir nicht sicher, ob es vielleicht nur daran lag, dass ich mein eigenes roch. Das Zerren an den Gedärmen verursachte dumpfen Schmerz. Er krallte sich mit einem Bein an der Hüfte fest und streckte den Kopf mehrmals stoßweise nach oben. Aus den Augenwinkeln heraus erkannte ich, wie er ein Stück Darm, dessen Größe die seines Körpers fast übertraf, aus der Öffnung meines Unterleibes heraus auf den Fels zog und immer stärker mit Sand beschmutzte, je weiter er sich von mir entfernte. Als ich Blut schmeckte, war mir klar, dass er die Lunge verletzt hatte. Ohne mich aus den Augen zu lassen, fraß der Geier von seiner Beute. Ein Stück nach dem anderen riss er heraus und ließ es mit ruckartigen Bewegungen in den Schlund gleiten. Schließlich dachte ich, er hätte genug, und versuchte, geschwächt, an der Handfessel zu rütteln, als der Geier abermals zustieß.

Schwerelos

Höhenflug

Die Höhe war nicht abzuschätzen, wo doch die Äste das Sonnenlicht filterten. Er setzte an, maß die Entfernung mit ruhigem Blick, streckte die Arme zur Seite und sprang. Schweben wollte er, gleiten, durch Blätter und Licht, dessen Gleißen er auf der Haut spürte, wenn er ganz oben war.

Jäher Schmerz ließ ihn den Ellbogen zurückziehen. Ein Riss am rechten Unterarm, und ein wenig Blut benetzte den Ärmelstoff. Er sah den Ast, wich mit dem Kopf zurück und hob die Hände, um den Zusammenprall abzuwehren. Leichtes Drehen erfasste seine Bewegung, er suchte Halt, vergebens, und sah hinunter, prüfte den Waldboden; er fiel hinab, Holz und Blattwerk peitschten seine Gliedmaßen, und nichts blieb übrig vom Gefühl des Schwebens, als er mit dem Rücken voran aufschlug.

Sein lauter Atem verriet die Anstrengung. Verärgert wandte er sich zurück, fragte sich, ob der Weg, den er gewählt hatte, falsch war.

Es half nichts. Die Höhe konnte er niemals einschätzen, ob hier oder woanders, es schien gleich. In Ansätzen kannte er das Gefühl des Segelns, dem er nachjagte, seit er sich erinnern konnte. Er zog ein Papiertaschentuch hervor, tupfte das Blut ab und bemerkte, dass seine Hände zitterten. Ohne sich aufzusetzen, rollte er zur Seite, stieß sich mit den Beinen ein wenig ab und kroch in die Nähe eines Baumstamms.

Er schloss die Augen, versuchte die Atmung zu beruhigen, sie leiser werden zu lassen, um die Geräusche des Waldes wahrzunehmen, die zum ersten Mal in sein Bewusstsein drangen.

Minuten später setzte er sich ganz auf und lehnte sich mit dem Rücken an den Baum. Die Augen hatte er weit geöffnet und er sammelte alles Licht, das durch die Blätter zum Boden gelangte. Der Raum über seinem Kopf schien eine Kuppel, die vor dem Äußeren schützte, innen jedoch so viel Platz ließ, dass er Mühe hatte, ihn zu ertasten. Die Geräusche, Vogelstimmen, Insektenflug und das Wogen der Blätter, wurden stärker, denn der Abend kam näher. Die beginnende Röte der Luft zeigte, wie tief die Sonne inzwischen gesunken war.

Abermals erhob er sich und suchte freien Raum. Wieder streckte er die Arme zur Seite, unbeachtet fiel das Taschentuch zu Boden. Schweiß, Blut und Schmutz abstreifend machte er Schritte, lief los, hob den Kopf und sprang.

Die Höhe konnte er nicht abschätzen, doch das hatte keine Bedeutung. Der ganze Raum floss unter seinem Körper hindurch, er spürte Blattspitzen in seinem Gesicht, ein paar Äste gaben den Armen nach, und der Waldboden schien fern, als er die Wipfel erreichte. Das letzte Licht vor Einbruch der Dämmerung überspülte die Haut und er fühlte, wie er schwebend jede Unklarheit zurückließ.

Den Sprung hatte er weit angesetzt, denn er benötigte Platz, genügend Platz, der ihn weder einengte noch bedrohte. Es war eine Übung, dachte er; er sagte es, um Gewissheit zu schaffen. Eine Übung für den Versuch, mit der Höhe fertigzuwerden. Er sagte es und fühlte das Licht auf seiner Haut, die Luft, die zwischen den Fingern hindurchströmte, als könnte sie seinem Griff nicht entweichen.

Tief einatmend begriff er, was es hieß, zum Sprung anzusetzen. Er wusste, wie hoch er gelangen konnte, ohne zurückzusehen. Das Sonnenlicht füllte den Raum über den Wipfeln, strich um das Blattwerk, ungehindert und frei, den Wald bis zu den äußersten Rändern betastend. Die Arme hatte er weit von sich gestreckt, als er bemerkte, wie unter ihm alles sehr klein geworden war.

Mit dem Finger strich er über den Karton der Fahrkarte. Er steckte sie in die Hosentasche und holte sie wieder hervor. In der Mitte knickte er den Streifen, um die beiden Enden aufeinanderzudrücken. Da er nur eine Hand frei hatte, konnte er die Kartonkanten nicht exakt übereinanderlegen, und die eine Hälfte ragte auf einer Seite etwa zwei Millimeter über die andere hinaus. Als der Bus bremste, fiel die Fahrkarte zu Boden. Er bückte sich, hob sie auf und wischte den feuchten, schwärzlichen Rand an seiner Hose sauber.

Vorne sah er durch die Scheibe hinaus. In der Mitte des Busses, über den Köpfen der Fahrgäste, war der Linienplan angebracht. Doch die Straßennamen verwirrten ihn, also lenkte er seine Aufmerksamkeit lieber auf die Straße, um den Ausstieg nicht zu versäumen. Als sie über eine Kreuzung fuhren, erkannte er die Spitze des Turms über den Dächern: *Voici la tour Eiffel.*

Als die Türen aufgingen, trat er als Erster auf die Straße, wandte sich um und wich ein paar Schritte zurück auf den Gehsteig. Der Bus verließ die Haltestelle und gab die Sicht auf das Marsfeld frei. Er überquerte die Straße, bedächtig und das riesige Stahlgerüst betrachtend. Dreihundert Meter ragte der Turm vor ihm auf; dreihundertundzwanzig Meter, hatte er gelesen, betrug die Gesamthöhe einschließlich der Fernsehantenne.

Langsam schritt er auf die Sockel des Eiffelturms zu, wo die Lifte und Souvenirläden untergebracht waren. Er wählte einen der beiden Stiegenaufgänge, während die Besuchertraube vor den Aufzügen stets anwuchs.

Nachdem er die Eintrittskarte bezahlt und entwertet hatte, stand er vor dem wendeltreppenartigen Aufgang. Die Höhe war nicht abzuschätzen. Er trat zur Seite, legte die rechte Hand auf das Holzgeländer, umfasste es und setzte den ersten Schritt auf die unterste Stufe, behutsam und darauf bedacht, jedes Geräusch zu vermeiden. Niemand schien ihn zu beachten. Mehrere Touristen stapften an ihm vorbei und begannen den eiligen Aufstieg.

Die erste Etage sollte er bereits nach fünfzig Metern erreichen. In ihr flossen die vier Sockel zusammen.

Die erste Kehre, die zweite Kehre, immer rascher stieg er hinan. Die Holzummantelung des Geländers ging über in eine metallisch riechende, kalte Eisenschiene, die an mehreren Stellen glatt gewetzt war. Regen ließe seine Hand darauf abrutschen, mutmaßte er.

Er stieg höher, umrundete eine Kehre nach der anderen, den Blick nach oben auf die erste Plattform gewandt, die er in Gedanken oftmals besucht hatte. Den leisen Druck in der Brust verdrängte er aus seinen Gedanken.

Raum und Höhe trennten ihn von oben, die Hälfte musste er bereits zurückgelegt haben, eine Hälfte des Weges zur ersten Etage. Ob er danach noch weiter hinaufsteigen würde, hatte er nicht überlegt. Er sah hinauf, suchte, maß die Entfernung.

Dann bemerkte er, wie die Eisenstreben das Licht filterten und schattige Striche und Flecken auf seine Hände malten, sie ausradierten und von Neuem zeichneten. Die Sonne stand fast schon im Süden. Den Ellbogen abgewinkelt, zuckte er zurück, als er mit der Wange das Sicherungsgitter berührte.

Wie hoch er bereits gestiegen war, kümmerte ihn nicht. Sein Blick schien auf das erste Geschoß geheftet, als er stehen blieb und den Körper ganz nahe zum Eisengeländer zog. Die hinter ihm Kommenden ließ er vorbei.

Die Sonne wurde stärker und blendete auf den wenigen glatten Stellen der Metallpfeiler. Er wandte den Kopf ein wenig zur Seite und schloss die Augen. Der Schmerz in der Brust hatte sich verschlimmert und in die Magengegend verlagert. Er krümmte den Oberkörper vor, bemühte sich, den Kopf aufrecht zu halten und setzte mit leicht angewinkelten Knien an. Die Augenlider kniff er zusammen, während er mit den Armen das Gleichgewicht suchte. Er glaubte zu springen, zu schweben und an Höhe zu gewinnen.

Der Raum, der ihn von der ersten Etage des Eiffelturms trennte, glitt unter seinem Körper hindurch, er spürte den Luftstrom zwischen den Fingern und im Gesicht, wunderte sich, als er mit dem Handrücken gegen das Gitter prallte, der Fuß hinunterrutschte und eine Stufe tiefer aufschlug. Eine leichte Drehung erfasste seinen Körper.

Er riss die Lider auf, streckte die Hände vor und packte zu, fühlte mehrere Griffe an seinen Schultern, vernahm Rufe, verlor den Weg hinauf und rieb mit den Handballen über das Gitter. Alles bewegte sich, wich zurück und saugte das Gewicht seines Körpers hinab. Eine Kehre bot Halt. Mit beiden Händen zog er sich zum Geländer, roch das Eisen, empfand die kalte Härte auf der Haut und bemerkte, wie die Treppe sich drehte, bog und zur Seite kippte.

Die ins Gitter verkrallten Finger drückten weiß die Knöchel heraus, sie verdrängten jedwede Röte. Auf die Stimmen, die in mehreren Sprachen durcheinanderriefen, hörte er nicht mehr. Jeder Schritt hämmerte laut, schallte wider und kam näher, jede Berührung der Metallschiene lief durch die Weiten des Stahlbaus, und er bemerkte, wie die Geräusche, die von überallher eintrudelten, das Eisen erzittern ließen, jeden einzelnen Stoß mit vielfachem Echo in seinen Körper senkten.

Ihn wunderte, dass seine Backe die Kälte des Gitters nicht mehr wahrnahm. Durch noch stärkeres Ballen der Fäuste versuchte er, dem Atem Beruhigung aufzuzwingen und das Schaukeln der Treppe abzuschwächen.

Er hatte unzureichend geübt, was niemals wieder passieren durfte. Der Wald gab ihm Ruhe und Raum, spärliches Licht sickerte durch das Astwerk zum Boden. Mit wenigen Schritten gelangte er zu einem anderen Stamm, wandte sich um. Die Arme ausbreitend hob er den Kopf, beugte den Körper vor, zog die Knie ein wenig an und verharrte.

Sich aufrichtend ließ er die Hände herabfallen und ging ein Stück weiter, suchte eine geeignetere Stelle, die ihm mehr Platz bot. Er musste üben, denn er wollte es schaffen, die Höhe, die immense Höhe und all ihre Gewalt überwinden, indem er die eigene Stärke über die Macht des Raums setzte.

Abermals streckte er die Arme zur Seite, stieß sich ab und begann zu laufen. Von Neuem durchmaß er Entfernun-

144

gen. Er hörte die Geräusche, die seine Schritte, mal auf Grasbüscheln, mal auf morschem Holz, mal auf Farngewächs hervorriefen, spürte den Wind und roch frische Rinde, Harz und an mehreren Stellen auch Blüten.

Der Wald wurde heller, schien mehr Sonnenlicht durch die Wipfel zu lassen und drängte den Schatten der Blätter zurück. An mehreren Stellen glitzerte etwas und verschwand wieder, um danach viel greller aufzublitzen. Er lief weiter. Die Sonne öffnete eine Lichtung, die viel größer war als die anderen: ein See.

Er zog die Arme dicht an den Körper, stieß sich leicht federnd vom Boden ab und hielt inne. Raum, dachte er, Höhe und Tiefe fanden sich im See. Die Kuppel aus Luft glich dem Trog aus Wasser. Und er musste üben. War die Nässe eine bessere Übung?

Völlig ruhig lag die Oberfläche, glatt und glänzend, von einzelnen, kaum sichtbaren Wellen markiert, dort, wo der Wind mit dem Wasser zusammentraf. Ob er die Entfernung in Luft oder Wasser maß, schien ihm einerlei, bloß die Weite zählte, Weite, die sein Fordern nicht bremste.

Ein paar Schritte wich er zurück, um sich besser abstoßen zu können. Dann lief er los, spreizte die Arme weit von sich und sprang. Mit dem rechten Bein voran beschrieb der Sprung einen Bogen, glatt und rund, und führte die Linie seines Wunsches zum Wasser. Als die Nässe den Stoff seiner Hose benetzte, empfand er ein Tasten von Feuchtigkeit, die Faden um Faden der Kleidung tränkte. Er tauchte in den See, die Schultern nach unten gesenkt, fühlte reglos die Tiefe des Wassers an seinem Körper entlanggleiten, und die rundum fliehenden Wellen entledigten den Leib seiner Schwere. Wo die Drohgebärde der Höhe zurücktrat, schloss er die Augen, bannte alle Luft aus den Lungen und zog die Lippen zu einem sanften Lächeln.

Sonnenlicht spiegelte an vielen Stellen, glitzerte vielfach und brach sich am Wasser. Am Rand des Sees, an der Böschung zum Wald, dort, wo die letzten Stämme eine Grenze markierten und die Sträucher immer mehr zu Schilf wurden, wehte leichter Wind.

Mehrmals berührte sein Haar die Wasseroberfläche und erzeugte Ringe, die zum Ufer hin abflachten, um endlich, unbedeutend geworden, ganz zu verschwinden. Kaum merkliche Wogen benetzten die Kieselsteine der Böschung, verhinderten das völlige Austrocknen unter der steten Luftbewegung. Wieder war es still. Still, bis die Geräusche des Waldes sich über den See stülpten.

Die Straßenbahn

Einen schlechteren Zeitpunkt hätte er sich gar nicht aussuchen können! Ausgerechnet heute und jetzt, wo jede einzelne Minute zählte und nicht einfach für andere Geschichten, die mich bestenfalls indirekt betrafen, verschenkt, ja verschwendet werden durfte. Im Grunde wunderte ich mich über die rasche und effiziente Nachforschung durch das Spital, denn dass dieser Stadtstreicher meine Adresse wusste, konnte ich mir beim besten Willen nicht vorstellen. Andererseits war er mir möglicherweise eines Nachts unbemerkt gefolgt, um meinen Wohnort herauszufinden.

Vom Gehupe des Taxis hinter mir wurde ich aus meinen Gedanken gerissen und stellte fest, dass ich bereits vor dem Haupteingang des Hospitals hielt, offenbar schon mehrere Minuten. Ich nickte, hob entschuldigend die Hand und fuhr den Wagen auf einen der Parkplätze neben dem Gebäude. Dann stieg ich aus und begab mich im Laufschritt zum Aufnahmeschalter. Ich sei angerufen worden, platzte ich heraus, ein Sandler hätte nach mir verlangt. Im selben Moment kniff ich die Augen zusammen, zumindest von einem Obdachlosen hätte ich sprechen können, und die nunmehr peinlich anmutende Bezeichnung eines schwer kranken Herrn zurückzunehmen schien mir angemessen und notwendig. Nur kurz kramte ich in meinem aufgrund der Umstände verwirrten Gedächtnis, bis ich den Namen des Mannes nannte, von dem ich bloß wusste, dass er vor etwa zehn Jahren nach der Scheidung die Kinder, die Wohnung und die Anstellung verloren hatte, seither auf der Straße lebte und an manchen Abenden ein kurzes, aber intensives, Gespräch mit mir führte. Die Schalterdame legte eine offenkundig schon vorgeschriebene Karte auf den Tisch, ließ mich in der unteren Ecke unterschreiben und fragte mich, ob ich ein Verwandter sei, was ich verneinte; ich kannte diesen Mann nur flüchtig und auch das nur von der Straße. »Verstehe«, murmelte sie und nannte mir eine Zimmernummer im zweiten Stock.

Auf dem Weg dahin überlegte ich, ob ich nicht gleich hier nachfragen sollte, was mich seit nunmehr zwei Tagen beschäftigte, ob man nicht auch einen anderen Rentner eingeliefert hätte, einen, der keinerlei Papiere bei sich trüge, weil er sie allesamt daheim vergessen hatte, einen betagten Mann, der unter Umständen wegen seines Zustandes zurzeit keine Antworten zu geben vermochte und dessen Identität den Ärzten bislang unbekannt war. Dass ich indes seit zwei Tagen meinen eigenen Vater suchte, klang lachhaft oder besaß zumindest den Anklang von Verantwortungslosigkeit. Und was hätte ich sagen sollen? Alter Mann, roter Pulli, Brille und Dickkopf?

Beim Aussteigen aus dem Lift führten zwei Krankenpfleger ein Bett mit einer zur Gänze vermummten Person vorbei. Nicht einmal das Gesicht lag frei, und insgeheim fragte ich mich, ob ich den Gesuchten so knapp neben mir, auf einem ähnlichen Krankenbett, verhüllt von weißen Laken und seiner Sinne längst nicht mehr mächtig, überhaupt fände. Aber ich verwarf das Hirngespinst, orientierte mich am Wegweiser der Etage und schlug die Richtung zum Zimmer des Obdachlosen ein. Dass ich mich auf dessen Worte würde konzentrieren können, bezweifelte ich.

148

Als ich die Tür zum Krankenzimmer öffnete, trat ein junger Arzt auf mich zu, begrüßte mich zu meiner Überraschung mit meinem Namen und wies auf das einzige Bett, das in diesem Raum stand. Sogleich erzählte er, dass der alte Mann, der heute Vormittag eingeliefert worden war, nach mir verlangt hatte, wiederholt und unnachgiebig, als hinge vieles davon ab, obwohl er, wie mir der Doktor hinter vorgehaltener Hand zuraunte, gewiss die kommende Nacht nicht überstehen werde. Ich bedauerte dies, nicht nur aus Anstand und dem Mediziner gegenüber, sondern weil ich keine Gelegenheit sah, mit dem Obdachlosen eine letzte, längere Unterhaltung zu führen. Normalerweise freute ich mich, ein Stück meiner Zeit einem solchen Gespräch zu widmen, aber solange der Aufenthaltsort meines Vaters die Familie rätseln ließ und, je länger sein Verschwinden andauerte, die Furcht vor einem möglichen Unglück zunehmend die Kehle zuschnürte, hatte ich weder eine Sekunde noch ein Ohr wirklich frei.

Der Arzt führte mich zum Bett, als wollte er mir den Kranken vorstellen, und zog ansatzweise die Augenbrauen hoch, was mir bedeuten sollte, wie schlecht es um ihn stand. Schon jetzt fühlte ich mich übertrieben nervös, hielt die Szenerie für absurd, überlegte insgeheim, um welche Uhrzeit ich es auf die Polizei schaffen würde, um nachzufragen, ob sich in der Angelegenheit der Vermisstenanzeige etwas getan hätte. Dass ich inzwischen hier meine Zeit verplemperte, schien mir um so klarer, als der Kranke sich kein einziges Mal rührte, sondern unablässig und regelmäßig vor sich hinschnaufte, ohne unsere Anwesenheit zu gewahren. Ich runzelte die Stirn, als ich den Arzt anblickte, zuckte mit den

Achseln und drehte mich langsam, aber entschieden zur Tür. Nachdem ich zwei oder drei Schritte getan hatte, vernahm ich plötzlich die Stimme des Alten, schwächer als sonst, fast krächzend, obwohl mir das Kichern, das unvermittelt einsetzte, vertraut vorkam.

»Ich habs gewusst,« triumphierte er mehrmals, und: »dass er kommt, ja, ich habs gewusst, dass er kommt, der Junge, zu mir! Ich habs euch doch gesagt, oder? Hab ich nicht?« Fast ärgerlich, dass sein Zustand deutlich besser wirkte, als von mir vermutet, und der Aufenthalt, der eben abgeschlossen schien, nun doch andauerte, machte ich kehrt und stellte mich zum Bett. »Hallo«, sagte ich leise, unfähig, etwas Persönlicheres hervorzubringen. Abermals kicherte der Alte. »Wieder auf dem Weg nachhaus, oder?«, fragte er nun mit ruhiger Stimme, wie ich es von der Straße her gewohnt war. Hilfesuchend schaute ich den Doktor an, der jedoch mit den Achseln zuckte und nichts erwiderte. Also wandte ich mich dem Obdachlosen zu und erklärte: »Nein, ich gehe nicht heim. Jetzt noch nicht.« Ich hielt inne und fragte ihn vorsichtig: »Wissen Sie, wo Sie hier sind?«

»Klar«, glückste er, »bei denen da!« Und damit zeigte er mit ausgestrecktem Finger auf den Arzt, der sich ein Grinsen nicht verkneifen konnte.

»Sie wollten mich sprechen«, wechselte ich das Thema, um der Nervosität, die sich in meinem Innern wieder rührte, zu begegnen. »Ehrlich gesagt habe ich mich gewundert, dass Sie meinen Namen nannten«, gestand ich und der Alte korrigierte: »Dass ich ihn mir gemerkt hab, oder? Dass ich mir den Namen gemerkt hab, das hat dich verwundert, gell…?« Verlegen gab ich ihm recht. Vor ihm, der mich von den we-

150

nigen Gesprächen, die wir geführt hatten, kannte, vermochte ich mich nicht zu verstellen; wohl zu offen Rede und Antwort gestanden, wenn ich, übermüdet und ausgelaugt, spätabends von der Arbeit in meine Wohnung geschlichen war. Dass dieser Mann mich in solchen Momenten der Schwäche, denn anders war es nicht zu begreifen, ziemlich genau kennengelernt hatte, begann ich jetzt zu ahnen.

Meine Unruhe nahm hingegen überhand und ich erklärte mit einem Ton der Entschuldigung: »Wir werden jetzt aber nicht plaudern, ich meine, eine Stunde zusammensitzen, wie wir es ja mehrmals getan haben.«

»Das haben wir getan, ja«, unterbrach er mich, »oft taten wir das und du hast dir Zeit genommen…«

»Genau das ist es«, versuchte ich mich zu rechtfertigen, »die Zeit. Es tut mir sehr leid, aber heute ist es wirklich ungünstig. Ich meine, ich habe noch ein paar Dinge zu erledigen, die sehr wichtig sind, die ich nicht aufschieben kann. Verstehen Sie?«

Er nickte und sah mir ins Gesicht. Seine Augen, die kurz zuvor noch Müdigkeit und Mattheit vermittelt hatten, gewannen nun etwas Scharfes, Durchdringendes. »Junge, das ist die Zeit«, betonte er, »die immer dann fehlt, wenn sie eigentlich nicht mehr vorhanden ist, wenn sie uns piesackt und wenn sie dir aus den Fingern gleitet und irgendwohin verschwindet, wohin wir nicht einmal einen Blick riskieren können, weil wir gar nicht wissen, wie wir umgehen sollen, mit dieser Zeit. Vielleicht sind es die letzten Minuten, die uns unsere Augen öffnen, oder? Aber wer, frage ich dich, wer ist denn bereit zu erkennen, wann unsere letzten Minuten angebrochen sind?«

Erschrocken sah ich zum Arzt, der sich mit gesenktem Haupt wegdrehte. Wie eine Standpauke klangen diese Worte, wie eine Ermahnung, deren Wahrhaftigkeit ich nicht leugnen konnte. Gleichzeitig wuchs meine Entrüstung, weil ich nicht nur die Stunden fortschwimmen sah, die ich diesem alten, doch mir weder familiär noch freundschaftlich verbundenen, Mann schenken konnte, sondern auch jene Zeit, die ich möglicherweise für die Suche nach dem eigenen Vater brauchte. Trotz meiner Verlegenheit und eines gewissen Widerwillens mir selbst gegenüber legte ich dem Alten meine rechte Hand auf die Schulter und sagte, so ruhig und versöhnlich es mir gelang: »Sie haben ja recht. Wirklich. Aber wissen Sie… nicht immer kann man tun und lassen, was man möchte und wie man es möchte. Es tut mir wirklich sehr leid, aber ich kann unmöglich länger bleiben. Obwohl ich es wollte.« Ich seufzte und fuhr fort: »Ich werde mich bemühen, morgen wiederzukommen. Ja? Ist das ein Deal?«

Da er nicht widersprach und mich lediglich anblinzelte – ich bemerkte, dass er wieder sehr müde aussah, und mutmaßte eine Auswirkung der eher unangenehm wirkenden Deckenleuchten, die auch tagsüber aufgedreht blieben –, zog ich die Hand zurück, drehte mich um und entfernte mich langsam vom Bett, nicht, ohne dem Arzt einen verschwörerischen Blick zuzuwerfen. Ich drückte die Klinke nieder und stieß die Tür auf. Während ich, nach wie vor behutsam und leise, als gälte es, schlafende Kinder nicht zu stören, über die Schwelle trat, rief der Obdachlose im Zimmer: »Den roten Pullover hat er nie gemocht!«

Die Türschnalle noch immer in der Hand, drehte ich mich gemächlich um, schaute, wie ich vermeinte, ein letztes

Mal in den Raum zurück, und plötzlich verkrampften sich die Hände – ich begann stoßartig zu atmen und fühlte den Herzschlag bis in den Hals.

»Was...?«, entfuhr es mir. Dann ging ich raschen Schrittes ins Zimmer zurück, ließ die Tür achtlos hinter mir zufallen, stellte mich zum Bett und fragte nochmals, diesmal laut: »Was? Was haben Sie gesagt?«

Der alte Mann schien mich nicht zu beachten, die Augen hatte er auf den Plafond gerichtet. Dann jedoch drehte er den Kopf mir zu und erklärte mit ruhiger Stimme: »Er kratzt. Deswegen mochte er ihn nicht.«

Fieberhaft überlegte ich, versuchte die vergangenen Minuten noch einmal Revue passieren zu lassen, forschte in meiner Erinnerung, ob ich irgendetwas erwähnt hatte, von meinem Vater, von der Suche, vom roten Pullover, den ich ihm vor zwei Jahren zum Geburtstag geschenkt und den er, als er verschwand, getragen hatte. Der junge Arzt schien ebenso überrascht wie ich. Aber vielleicht, dachte ich, staunte er mehr über meine Reaktion; schließlich war ich wie aufgescheucht zum Krankenbett zurückgehetzt und starrte den Stadtstreicher an, als hielte ich ihn mit einem Mal für die Losung des Tages.

Unschlüssig, wie ich ihm entlocken sollte, was ich zu wissen suchte, begann ich zögernd: »Was wissen Sie von dem roten Pullover...?«

Der Mann grinste und sah mir ins Gesicht. »Du weißt doch sehr gut, welchen ich meine?«, fragte er mit Vertrauen heischender Stimme.

»Ja. Natürlich, den roten...« Abrupt hielt ich inne. »Nein!« Sein Blick glitt allmählich ins Fragende. »Ich meine«, korrigierte ich mich, »ich bin mir nicht sicher, ob wir vom selben sprechen. Vom selben Pullover nämlich… Wieso wissen Sie, dass er ihn nicht mochte?«

Der Alte gluckste vor Vergnügen. »Er hat ihn doch getragen, an diesem Abend.«

»Sie kennen also meinen Vater?«, gab ich mich verblüfft, um ihn aus der Reserve zu treiben.

»Hätt ich sonst nach dir verlangt?« Er schüttelte den Kopf. »Nein, das hätt ich wohl nicht. Nach dir verlangt. Aber ich hab es ihm müssen versprechen, weißt du? Und einem alten Mann eine Bitte abschlagen… nein, das geht nicht.« Er kicherte: »Ist halt so wie bei mir!«

Allmählich erkannte ich, dass dieser Mann, ein Sandler, mit dem ich bloß ein paarmal auf dem Nachhauseweg geplaudert hatte, nicht nur irgendwie in Verbindung mit meinem Vater stand, sondern möglicherweise auch von seinem Verschwinden wusste.

»Wo haben Sie ihn gesehen?«, fragte ich, ohne meine Ungeduld verbergen zu können.

Er schwieg eine Weile, schaute auf den Plafond und schien nachzudenken. Der Arzt hatte sich inzwischen auf einen Drehschemel gesetzt, der für Besucher gedacht war. Ich verlagerte mein Gewicht von einem Bein aufs andere, hielt mich indes zurück, dem Alten weiterhin zuzusetzen, denn dass er plötzlich gar nichts mehr von sich geben könnte, hielt ich nicht nur für denkbar, sondern für relativ wahrscheinlich. Dann aber räusperte er sich, versuchte den Oberkörper etwas aufzurichten, wozu ihm der Mediziner zu Hilfe kam und den Rückenteil des Bettes über die elektrische Bedienung anhob. Eigentlich die Aufgabe von Pflegern und

Krankenschwestern, dachte ich, doch im Grunde war es mir ganz recht, dass der Doktor nicht von der Seite des Penners wich, denn ich wollte nicht die Ursache für eine Verschlechterung seines wahrscheinlich labilen Zustandes sein. Er schlug die Lider, die er eben geschlossen hatte, weit auf, schaute mich an und rief: »Das war bei der Straßenbahn!«

Er hielt inne, wog den Kopf nach links und dann nach rechts, streckte den Hals und fuhr, bevor ich noch etwas erwidern konnte, mit leiser, doch eindringlicher, Stimme fort: »Natürlich nicht sofort, Junge, nicht sofort. Immerhin war er ganz nervös, dein Vater, aber das lag ja vielleicht am Pulli, der ihn so kratzte. Immerzu hob er die Schultern, hat sich richtig verrenkt, sag ich dir, aber es hörte einfach nicht auf. Bis er es dann aufgegeben hat. Na ja.«

»Aufgegeben…?«, fragte ich irritiert nach.

»Na das Kratzen. Also das Selberkratzen, meine ich. Er wollte ja, dass es aufhört, aber es hat nix genutzt. Und mit einem Mal blieb er ganz ruhig. Ganz still und ruhig, sag ich dir, so hab ich ihn noch nie gesehen. Aber«, räumte er ein, »so gut kannte ich ihn nicht, deinen Vater.« Er seufzte. »Irgendwie musste er fort, hatte einen Weg, wenn du weißt, was ich meine. Aber es war schon dunkel und da hab ich nicht verstanden, wohin er wollte, denn die Geschäfte, die sperren doch um diese Zeit, nicht wahr? Aber was red ich… eigentlich wars ja schon viel später, so um Mitternacht. Ungefähr. Vielleicht auch danach. Steht keine Uhr auf diesem Platz. Na ja. Aber…«, und sein Blick wurde glasig, »er ließ einfach nicht davon ab. Ja, wahrscheinlich hat es ihn getrieben.«

»Wie getrieben…?« Je mehr der Obdachlose erzählte, desto weniger Sinn vermochte ich in seinen Worten zu entdecken. Es wirkte wie ein Hinhalten, ein unverbindliches Geplänkel frei fabulierender Sätze, ähnlich einem Gespräch auf einer Cocktailparty. Mit meiner verblüfften Frage regte sich jedoch Ungeduld, als er entgegnete: »Na zur Straßenbahn, Junge. Passt du nicht auf?«

Er seufzte, schüttelte kaum merklich den Kopf, und nachdem er befriedigt mein Stillschweigen konstatiert hatte, fuhr er fort: »Eigentlich wollt ich ja mit. Das heißt, natürlich nicht gleich. Immerhin wusste ich nicht, was er vorhatte. Aber er wollte immer auf den Hügel hinauf – du weißt schon, neben den Wohnhäusern mit dem blauen Verputz; ganz hinauf, wo die Schienen verlaufen.«

»Die Schienen?«, wunderte ich mich halblaut.

Er kicherte. »Klar; die von der Tramway. Oben, auf dem Hügel.« Nach einem tiefen Luftholen sagte er: »Dort lief er nämlich hinauf. Zuerst allein, aber ich wollte einfach wissen, was ihn so antreibt. Also ihm nach.«

»Sie folgten ihm…«, schloss ich.

Der Obdachlose nickte und setzte fort: »Das war schon eine Strapaz, sag ich dir. Normalerweise mach ich ja keine Fußmärsche mehr, aber dein alter Herr, Junge, der hat einiges vorgelegt. Ich glaub, er hat gar nicht gemerkt, dass ich hinter ihm war. Erst als er verschnauft hat, nach der dritten oder vierten Querstraße, da drehte er sich ganz plötzlich um. Ich hab dann ein Handzeichen gegeben – weil sprechen konnte ich nicht mehr, so ausgelaugt war ich schon von dem Marathon – und er hat dann auf mich gewartet. Ein feiner Zug von ihm«, meinte er anerkennend, »hat einfach auf mich gewartet, obwohl wir doch so selten miteinander geplaudert haben.«

Er machte eine Pause, bevor er fortfuhr: »Dann aber hat er den Kopf geschüttelt. Ich hab mir nichts dabei gedacht und immer auf den roten Pullover geschaut. Der muss ihn doch kratzen, dachte ich, wie kann er da so schnell die Steigung hinauf? Aber so gings dann weiter. Dein Vater und ich. Bis wir dann oben ankommen.«

»Bei den Schienen…«

»Genau, bei den Schienen.«

»Die sind halt recht verwaist, in der Nacht«, murmelte ich ohne rechte Überzeugung, doch der Penner stieg darauf ein: »Das kannst du laut sagen, Junge. Aber das war ja nur der erste Eindruck. Ich hab ja auch geglaubt, dass die schon Betriebsschluss haben. Um die Zeit! Und in so einer Straße, wo ja nix los ist – nicht einmal Geschäfte gibts da, die sind alle eingegangen. Vor Jahren schon. Aber mit deinem Vater war ich noch nie unterwegs. Vorher, meine ich. Und er wusste schon, wo er hinwill. Das wusste er sehr gut, du meine Güte, Hut ab!«

Mit vor Anerkennung verzogenen Lippen begann er zu nicken, wippte gemächlich, aber unaufhörlich, mit dem Kopf und ich warf dem Arzt, der nach wie vor neben dem Kopfende des Bettes auf dem Hocker saß, einen fragenden Blick zu. Der jedoch schüttelte beruhigend den Kopf – das Verhalten des Alten schien ihm keineswegs besorgniserregend. Nach einiger Zeit, die mir ewig vorkam, aber wohl kaum einer Minute entsprach, wurde ich abermals nervös und sagte spitz: »War es das?«

Der Alte blickte mich verschmitzt an und versetzte: »Das ist kein Videofilm, Junge!« Er ruckelte mit dem Oberkörper abwechselnd nach links und nach rechts, als wollte er es sich bequemer einrichten, und fuhr fort: »Wir haben dann gewartet. Alle beide. Dein Vater und ich. Eine ziemlich lange Zeit haben wir gewartet; eine Stunde oder so. Aber vielleicht warens auch zwei.«

»Gewartet? Worauf?«

»Na auf die Straßenbahn, Junge, auf was denn sonst?«

»Um die Zeit fährt doch keine… Sie sagten selbst…«

»Geglaubt hab ich das, ja, geglaubt. Aber die haben ganz unterschiedliche Betriebszeiten, die Straßenbahnen. Da hat sich viel geändert in den letzten Jahren, das kannst du mir schon glauben. Die im Magistrat, die wissen schon, man ihn organisiert, den öffentlichen Verkehr.«

Ich rätselte zwar, worauf er anspielte, beschloss indes, ihn nicht mehr zu unterbrechen, um meinen Aufenthalt im Spital nicht künstlich zu verlängern. Ob er jedoch zur Suche nach meinem Vater etwas Nützliches beizutragen vermochte? Ich bezweifelte es stärker denn je. Wie eine Geschichte klang das alles, eine Erfindung des Sandlers, um meine Aufmerksamkeit zu fesseln, auf ihn zu richten, der wahrscheinlich selbst spürte, dass er mich niemals wieder an einem lauen Abend in eines der gewohnten Gespräche verwickeln konnte. Lediglich, dass er den roten Pulli erwähnt hatte, verblüffte mich und bewirkte, dass ich mich nach wie vor nicht von seinem Bett losriss.

»Sie fuhr dann irgendwie von der Seite ein«, sprudelte er plötzlich los, ohne mich anzusehen, »wie aus einer Seitengasse, aber das war sicher eine Täuschung. Wahrscheinlich kam sie von unten, vom Hafen, von dort, wo die Remise steht, die alte. Aber auf einmal war sie da. Ein einziger Wagen nur, wie in früheren Zeiten – hat mich ja gewundert zuerst –, mit offenen Türen und den hölzernen Trittbrettern, wo man so aufpassen muss, dass man nicht hängen bleibt. Er hat mich nur angeschaut, dein Vater, und da hab ich gewusst, dass es jetzt so weit ist. Er ging zum hinteren Aufgang, wo noch ein Platz frei war – da hab ich erst die Fahrgäste gesehen, Frauen und Männer, aber alles alte Leute. Irgendwie sahen ihre Gesichter ziemlich blass aus; das fand ich komisch. Vielleicht lag es aber am Licht. Und dein Vater, wie er sich noch einmal kurz umwandte und mich durch die Augengläser musterte, hat auf einmal auch so ein blasses Gesicht. Da war ich dann sicher, dass es das Licht war, der Laternenschein, der da oben ziemlich fahl ist. Die Straße wirkt ja auch völlig verlassen – außer der Schiene ist dort nichts mehr und die Tramway fährt, glaub ich, nur alle heiligen Zeiten. Einen Moment hab ich geglaubt, ich kann mit; ich hab ihn angestupst, deinen Vater, und wollte auch hinauf. Aufs Trittbrett, so wie er – wenn sie alle zusammenrücken, hab ich gedacht, dann finde ich auch noch Platz. Aber er winkte ab. Hat sich auf die Bretter gestellt, zu mir umgedreht und gesagt, es wäre noch nicht meine Zeit. Die andern haben ihm beigepflichtet. Ohne was zu sagen, versteht sich, aber sie haben ihm beigepflichtet, das war klar.« Er seufzte. »Schon komisch, Junge, wenn du da stehst, an der Straßenbahn, und nicht einsteigen darfst, weil sie dich nicht lassen. Und dann fuhr sie ab. Ich hab ihr noch lange nachgeschaut, der Tram, noch sehr lange. Sie ist immer kleiner geworden, bis sie dann ganz verschwand. Und dabei hatte ich immer das Gesicht deines Vaters vor mir, wie es so blass war, vom Licht der Laternen.«

Dann schwieg er. Plötzlich brummte er »Ich bin müd!« und drehte sich von mir weg auf die Seite. Der Arzt wirkte erschrocken, aber nicht etwa über das abrupte Ende, wie mir schien, sondern über das Gesagte. Schließlich erhob er sich, zog mit einem Handgriff die Decke bis zum Hals des Bettlägerigen und kam zu mir. Langsam verließen wir den Raum.

»Bleibt er auf der Intensivstation?«, wollte ich auf dem Gang wissen.

»Wir werden ihn beobachten.«

Ein paar Schritte weiter fragte ich unschlüssig: »Was halten Sie davon?«

»Von seiner Geschichte?«

»Zum Beispiel.«

Er zögerte: »Hm. Muss ihn schwer beschäftigen. Tagsüber war er nicht so aufgeregt – zwar hielt er uns auf Trab, aber er wirkte eher gebremst. Ihre Ankunft hat ja einiges ausgelöst. Aber dass Sie gekommen sind, scheint ihn beruhigt zu haben; innerlich, meine ich. Möglicherweise hat sich sein Gesamtzustand gebessert.«

»Und die kommende Nacht…? Sie sagten…«

»Ja, ich weiß.« Er dachte nach. »Schwer zu sagen. Bis Sie kamen, gab ich ihm keine Chance. Aber vielleicht erholt er sich ja doch.« Etwas schnippisch fügte er hinzu: »Auch wir sind keine Hellseher, wissen Sie…«

»Das mit der Straßenbahn…«, lenkte ich auf das Gespräch mit dem Alten zurück, »das hat er sich doch zusammengereimt, oder…«

»Vielleicht ist dort eine Nachtlinie eingerichtet.« Der Arzt atmete tief ein, blickte mich von der Seite an und meinte: »Fragen Sie doch beim Kundendienst nach!«

»Das werde ich, das werde ich.« Und dann, lauernd: »Glauben Sie, dass er meinen Vater wirklich gesehen hat?«

160

Nach kurzem Schweigen: »Ich bin zwar kein ausgebilde-
ter Psychologe, aber: schwer zu sagen.« Dann wog er den
Kopf und wiederholte: »Schwer zu sagen.«

Im Liftbereich trennten wir uns und ich fuhr alleine
nach unten; dabei trommelte ich mit den Fingern auf die
Oberschenkel. Der Weg hinaus aus dem Krankenhaus schien
mir bedeutend länger als bei der Ankunft, obwohl es sich für
gewöhnlich genau umgekehrt verhielt. Vorbei an Imbiss-
stand und Kiosk, an den langen Bänken des Wartesaals und
den öffentlichen Telefonen, die an der Wand hingen. Innerlich kochte ich, obwohl ich nicht genau wusste, warum. Trieb
mich der Ärger über den jungen Mediziner an, der zwar die
ganze Zeit brav gelauscht, aber im Grunde nichts beigetragen
hatte? Genau genommen konnte er nichts dafür und es war
wohl nicht seine Aufgabe, sich in Szenen wie die eben vergangene einzumischen. Meinen leisen Zorn vermochte ich
dennoch nur auf ihn zu lenken, denn der Obdachlose spielte
eine ganz besondere Rolle, die ihn mehr oder weniger unan-
greifbar machte.

Der Obdachlose. Ich atmete tief ein, nahm allerdings
nichts von der Hast meiner Schritte zurück. Ob er mit dem
Gedanken liebäugelte, ebenso wie mein Vater in die Straßenbahn zu steigen und einfach abzufahren? Jetzt hielt ich
das Gelaber schon für Realität, wurde mir, nicht ohne eine
gewisse Beklemmung, bewusst. Eine Straßenbahn, mitten in
der Nacht!

Als ich ein paar Minuten später, lediglich im Wider-
schein der auch nach außen hin hell leuchtenden Spitalsfens-
ter, ins Auto stieg, warf ich die Tür heftiger zu als sonst,
steckte den Schlüssel an und legte die Arme aufs Lenkrad,

ohne den Motor zu starten. Mein Kopf sank zur Brust. Die Stimme des alten Mannes klang nachhaltig in meinen Ohren, vor allem die Szene vom Einsteigen hörte ich wieder und wieder. Lediglich die Augen brauchte ich zu schließen, um das Trittbrett wahrhaftig vor mir zu sehen, den Blick meines Vaters, etwas sorgenvoll und gedankenverloren, wobei er mich knapp über den Brillengläsern direkt anschaute, so, wie er es immer getan. Eine sonderbare Geschichte, die der Penner da erzählt hatte. Im Grunde begriff ich nicht, wozu er mich hatte holen lassen. Um eine Schauergeschichte loszuwerden, die durch Einsamkeit und herbstliche Kühle entstanden war, ein merkwürdiges Geflunker, mit dem der Alte die Ausführungen jedes Märchenerzählers in den Schatten stellte?

Trotz der Enttäuschung, die in mir schwelte, fühlte ich mich ruhiger, keineswegs mehr so rastlos und fahrig wie zur Ankunft im Spital. Ob er mir tatsächlich etwas über meinen Vater mitgeteilt hatte, wusste ich nicht, und noch weniger, ob es mich weiterbrachte. Ich sah keine Möglichkeit, mich auf die Aussage des Sandlers bei der Polizei zu berufen, ohne mich einer schmerzhaften Lächerlichkeit preiszugeben. Dennoch ahnte ich, dass die Eile, die ich noch vor kurzem empfunden hatte, nicht mehr angebracht war. Meine Nervosität flaute ab und die ermüdende, geradezu erschöpfende, Aufgewühltheit verschwamm. Obwohl die Dunkelheit längst hereingebrochen war, ging erst jetzt die Beleuchtung auf dem Parkplatz an, und ich sah zu, wie eine Lampe nach der anderen in der kaum enden wollenden Kette um das Areal aufflackerte. Ich lächelte still und griff zum Zündschlüssel.

Flug sechs-zwo-zwo

Unsanft wurde die Reisetasche vom vorbeilaufenden Rollband mitgerissen, bis sie in einer Öffnung hinter dem Schalter verschwand. Nasijb wandte sich um und kam näher. In einer guten Stunde, meinte er völlig ernst und fächelte unterstreichend mit dem Ticket, bevor er es in den Rucksack steckte. Die Frage, ob er wieder zurückkäme, brannte mir auf der Zunge, doch ich stellte sie nicht, weil ich wusste, dass er sie nicht beantworten wollte. Als hätte er meine Gedanken erraten, sagte er nach einem tiefen Seufzen, er müsse zuerst einmal alles ausloten, und der Rest werde sich zeigen. Besorgt sah er zum Eingang der Duty-Free-Zone, an dessen Seiten Polizisten und Soldaten mit Maschinenpistolen standen. Die Sicherheitsvorkehrungen waren nach den letzten Anschlägen wieder verschärft worden, und ihm war klar, dass er dort durchmusste.

Überraschend umarmte er mich und meinte, er habe keine Ahnung, ob und wann er das jemals wieder tun könne, also gebe er diesem Impuls auf der Stelle nach, um nicht mit dem Gefühl abzufliegen, etwas versäumt zu haben. Wortlos fasste ich seine Hand und drückte sie. Mir standen Tränen in den Augen und ich zog hörbar durch die Nase auf, um meine Bewegtheit herunterzuspielen.

Für einen Augenblick lag ein Lächeln auf seinen Gesichtszügen, dann biss er in seiner für ihn typischen Art auf die Unterlippe, nickte, löste seine Hand von meiner und schaute noch einmal zu den Polizisten. Er werde sich beeilen, um zumindest rechtzeitig einzusteigen, meinte er. Ein letztes Mal umarmten wir uns, dann zog er sein Ticket aus dem Rucksack, drehte sich um und ging zum Eingang. Ich sah ihn ein paar Worte mit einem der Flughafenangestellten wechseln, dann verschwand er im Innern, und ich blieb ein paar Minuten völlig regungslos stehen. Die Architektur des Gebäudes war so angelegt, dass ich ihn nicht mehr sehen würde, also griff ich in meine Jackentasche und nahm das Telefon in die Hand, um auf jeden Fall die Vibration zu spüren, falls Nasijb anrief.

Der Sucher

Wenn sie augenzwinkernd aus dem Korridor strömten, die Köpfe schüttelten und die Augen verdrehten, schmunzelnd einander die Aufzugtür aufhielten und dabei die Fingerkuppe rund um die Schläfe kreisen ließen, wusste ich, dass sie dem Sucher begegnet waren. Gewiss, es zeugte von keiner besonderen Kunst, ihn aufzufinden, denn abgesehen von seiner ausgeprägten Vorliebe für alte Zinshäuser mit mindestens fünf Stockwerken verriet das fahrige Verhalten jener, die ihn getroffen hatten, seine unmittelbare Nähe. Andererseits muss ich bekennen, dass ich dem Sucher noch niemals gegenübergestanden war, obwohl er nun schon viele Jahre sein Wesen in unserem Viertel trieb. Die zahlreichen Gerüchte und Tratschereien beschrieben ihn als relativ kleinen Mann, etwa 1,60, und schlank. Sein schütteres Haar sah etwas fettig aus, doch möglicherweise rührte das vom fahlen Flurlicht her. Er trug eine braune Hornbrille mit dünnen, schwarzen Einsprengseln, die ausschließlich aus der Nähe zu erkennen waren. Die Aktentasche klemmte er unter den Arm und mit den Fingern der freien Hand trommelte er unhörbar auf den Oberschenkel.

Bei schönem Wetter stellte der Sucher die Menschen mit Wonne auf halbdunklen Gängen, in Fahrradräumen oder auch im Lift, wenn darin eine Leuchtstofffröhre ausfiel oder bestenfalls noch flackerte. Er trat auf sie zu, sodass sie nicht mehr ausweichen konnten, keine Möglichkeit umzudrehen hatten und sich in einer Lage wiederfanden, die sie dem inzwischen überall Bekannten geradezu auslieferte. Dann formulierte er eine einzige Frage, mit einer sanften, ruhigen und in gewisser Weise dennoch bedrohlichen Stimme, die nichts von der launischen Erregbarkeit öffentlicher Stimmen besaß, aber auch nichts besonders Freundliches. Diese Befragung glich einer Forderung und mir war noch niemals zu Ohren gekommen, dass irgendjemand sich der Antwort entzogen hätte. Ganz im Gegenteil, die Augen des Suchers blickten auf den Angesprochenen wie eiserne Nägel, die ihn an Ort und Stelle festpinnten und erst dann wieder freigaben, wenn die unausgesprochene Bedingung erfüllt war.

Um welche Fragen es sich überhaupt handelte, vermag ich nicht zu sagen, denn jedes Mal, wenn ich jemanden aushorchte, hatte ich betretenes Schweigen, verlegene Gesichtsröte oder gar weinerliches Unverständnis geerntet, die Hausbewohner strampften, wichen mit ihrem ganzen Körper aus, suchten nach Ausflüchten oder beflegelten mich, weil ihnen keine andere Lösung einfiel und sie nun jene Gegenwehr auslebten, die ihnen Auge in Auge mit dem Sucher entweder nicht eingefallen oder zu riskant erschienen war. Nur eine einzige Vermutung geriet allmählich zu einem gesicherten und von allen involvierten Personen bestätigten Faktum; nämlich dass eine Frage niemals ein zweites Mal vorgebracht wurde, sondern tatsächlich ein jeder seine ganz persönliche erhielt, die nicht nur auf ihn zugeschnitten war, sondern auf Hintergründe und Details aus dem Leben des Befragten zurückgriff, die nur Ehepartner und engste Freunde kannten. Meine Neugier stieg dadurch ins Unermessliche und ich gierte danach, selbst einmal dem Sucher über den Weg zu laufen und seinen erstaunlichen Einfallsreichtum auszukosten, zumal ich in Erfahrung bringen wollte, warum sich später niemand getraute, das augenscheinlich intime Geheimnis zu lüften. Boulevardblätter und Tagesanzeiger plauderten ja täglich Unerhörtes aus und derartiger Lesestoff fand in den bewussten Wohnbauten selbstredend reißenden Absatz.

Die Mädchen und Burschen des Stadtviertels mokierten sich über den Sucher, stellten ihm nach, riefen ihm schon von Weitem Frechheiten und Schmähungen zu, aber entzogen sich meist erfolgreich seinem Zugriff. Lautes Lachen in einem der Höfe offenbarte einen Konflikt mit den Jugendlichen, wie er des Öfteren aufflackerte. Man hatte mir erzählt, dass der Sucher in solchen Situationen zwar völlig ruhig verharrte, aber einen nach dem andern ansprach und versuchte, sie mit seinen ungewöhnlichen Fragen aus der Fassung zu bringen, was jedoch gerade bei den jungen Menschen stets fehlschlug. Sie verhöhnten sein Aussehen, schnitten Grimassen und zeigten mit dem Finger auf ihn. Bisweilen erwischte er allerdings einen der Burschen am Arm und zog ihn heran, sodass er mit dem Mund ganz nah vor dem Ohr des Jungen kam. Dann raunte er ihm zu, dass er ihn überall finden werde und ihm niemals zu entkommen erlaube. Danach ließ er den Jugendlichen los, dem trotz der voraussichtlichen Haltlosigkeit dieser Worte in der Regel das Scherzen verging und der schaute, dass er so rasch wie möglich zu den andern aufschloss. Die Berichte verschiedener Beobachter stimmen darin überein, dass der Sucher nach derartigen Eskalationen unerwartet rasch verschwand und plötzlich nicht mehr im Hof oder Stiegenhaus anzutreffen war.

Als sich mein berufsbedingter Umzug in eine andere Stadt abzeichnete, streifte ich eines Nachmittags zum letzten

Mal durch die Gemeindebauten und Mietskasernen, um noch ein Zusammentreffen zu ermöglichen. Allein, ich begegnete zwar manchen, die mir von den Umtrieben des Suchers erzählt hatten, doch dieser selbst blieb an diesem Tag verborgen, sodass sich mir der Eindruck aufdrängte, er meide mich absichtlich. Vielleicht kämpfte auch der Sucher mit einer Befürchtung, etwa jener, dass er bei mir etwas vorfinden könnte, wonach er suchte; dies wäre geeignet, seine gesamte Tätigkeit, der er so ergeben und beständig anhing, ernsthaft zu gefährden. Vielleicht forschte er aber nur nach den Menschen selbst und meinte, ich hätte nichts Außergewöhnliches an mir und entspräche daher in groben Zügen einem Typus, den er bereits hinreichend untersucht hatte. Oder vielleicht fiel ihm zu mir schlichtweg keine Frage mehr ein. Jedenfalls sinnierte ich bis in die Abendstunden, nahm in einem der Eckbeiseln eine Tasse Melange zu mir und beschloss, die Geschichte des Suchers in meinen Erinnerungen in der Schublade Merkwürdigkeiten abzulegen und so bald wie möglich abzureisen.

Im Keller

Im Keller ist es… nein, nicht feucht; das heißt, es ist auch feucht, aber nicht nur. Vor allem riecht es. Im Keller riecht es nämlich nicht nur muffig, sondern auch nach Schokoladepalatschinken. Das kommt daher, dass der Küchendampf des sich im selben Haus befindlichen Lokals durch die gemeinsamen Abzugsrohre geblasen wird, die im Souterrain winzige Fadenrisse aufweisen und daher den Duft der Mehlspeisen und Torten, die zu den absoluten Spezialitäten der Gaststätte zählen, fein säuberlich und flächendeckend verbreiten, um zufälligen Kellergehern, wie mir, zu den unmöglichsten Zeiten Appetit zu machen. Natürlich erlaube ich meiner Aufmerksamkeit kein allzu langes Abschweifen und trotte gemächlich die hinteren Gänge entlang, denn dort irgendwo (ich merke mir lediglich die Nummer) befindet sich mein eigenes Kellerabteil, in dem nebst Schiern und Blumenübertöpfen auch Werkzeuge und Kartons mit Büchern lagern. Die gewiss in ihrer Herstellung sehr teuren Rohre der Fernwärme ziehen sich über die relativ niedrigen Decken, hie und da ragt ein bizarr vergrößertes, radförmiges Schließventil in den Korridor und zwingt mich auszuweichen oder zumindest den Kopf zu senken. Wenn eine der hölzernen Türen aufgeht und der Nachbar, verlegen rülpsend, heraussteigt, das Schloss mit unsicherem Handgriff einhängt und mit einem Nicken grüßend sich an mir vorbeirollt, bin ich keineswegs erstaunt, denn allen Parteien ist gut bekannt, dass er häufig im Kellergewölbe herumstreicht und sich an seinem geheimen Schnapsvorrat gütlich tut, von dem wahrscheinlich nur seine Gemahlin nichts weiß. Manchmal, wird erzählt, versucht er sogar hübsche Mädchen, gerade mal großjährig geworden, zu einem Stelldichein in seine unterirdische Kammer zu locken, doch vermutlich lachen sie den alten Troglodyten herzlich aus und jagen ihn zum Teufel. Ob allerdings dieser nicht ohnehin eine Heimstätte hier unten besitzt, ist freilich eine andere Geschichte. Im Keller drücken sich die unterschiedlichsten Fußabdrücke in den Staub, jene von gerippten Gummisohlen, glatten Lederschnürern und kaum profilierten Holzpantoffeln, ganz selten die spitzen Punkte von Stöckelschuhen, dafür aber öfter die Stapfen von Mauspfoten und Rattenschwänzen sowie die langgezogenen Laufspuren der Kellerasseln. In den Ecken verbergen sich Fallen, und irgendein chemisches Killerpulver (quasi die vom Menschen verordnete Geburtenkontrolle für Nagerkolonien) versprüht einen fein durchdringenden Gestank, der an manchen Stellen nicht einmal vom Palatschinkenduft übertüncht wird. Eigentlich bin ich froh, wenn ich bald wieder hinauskomme, und die Vorstellung, hier eine ganze Nacht über eingesperrt zu bleiben, weil die schwere Tür ins Schloss fällt und ich den Schlüssel draußen vergessen habe, ist ein perfekter Alptraum, den ich niemandem wünsche. Außer vielleicht dem für mich zuständigen Finanzbeamten, aber auch das ist eine andere Geschichte. Gedämpft leise ist es im Keller allemal, sogar wenn ich dem trinkfreudigen Nachbarn begegne, und nur selten vernehme ich aus einem der gegenüberliegenden Gänge verhaltenes Kichern und vereinzeltes Schmatzen. Zwar kann dieses von den Kindern stammen, die bisweilen ihre Versteckspielchen bis ins Souterrain treiben, doch spätestens wenn sich ein regelmäßiges Scheuern, wie auf den rauen Betonwänden, hinzumischt, habe ich die Kosmetikerin aus dem dritten Stock in Verdacht, aber ausschließlich zu jenen Zeiten, zu denen ihr Mann im Büro sitzt; ansonsten wartet sie nämlich nur darauf, dass ihr Gatte aus dem Haus tritt. Scheuert also die Geräuschkulisse im Hintergrund, dann heißt es aufpassen, wenn ich den Kellerbereich verlasse, denn inzwischen weiß ich aus Erfahrung, wie schmerzhaft es ist, auf einem glibbrigen Kondom auszurutschen. Im Grunde bin ich aber sehr neugierig und spitze darauf, was die anderen Hausbewohner wohl in ihre Kellerabteile verfrachten. Da es sich angesichts der niedrigen Besuchsfrequenz nicht auszahlt, die Herrschaften extra abzupassen und in flagranti beim Einstellen zu ertappen, begnüge ich mich damit, mein Auge an die zahlreichen mehr oder weniger breiten Ritzen der Billigtüren zu drücken und mich anzustrengen, im Dunkel die Konturen des Gerümpels von jenen getarnter Schätze und verhüllter Geheimnisse zu unterscheiden. Nicht selten entblättere ich auf diese Weise ungeahnte Leidenschaften und brennende Passionen sowie aus der Jugend bewahrte und zu Manien verkommene Gelüste. Da juckt es mich schon mal, auf dem Gang über eine Kuriosität oder Aberration aus meinen Beobachtungen zu tuscheln, um die Gerüchteküche bei dieser Gelegenheit durch das eigene Zutun am Köcheln zu halten. Indes überlegte ich aus diesem Grund, ob es sinnvoll wäre, die Fugen meiner eigenen Tür zu verleimen oder mit Fensterkitt zu verstopfen, um ähnlichem Forschungsdrang meiner Nachbarn rechtzeitig entgegenzutreten. Doch ich ließ davon ab, weil es mir einfach fair und anständig erscheint, sozusagen im Gegenzug auch den Mitbewohnern einen versteckten Blick auf mein Bücherlager zu erlauben, zumal sie darin mit gutem Recht den Kern meiner eigenen Kupidität wähnen. Lediglich die Feuchtigkeit, die an einzelnen Stellen der Glaubwürdigkeit halber tatsächlich zutage tritt, bereitet mir Sorge, denn die Kisten aus falsch verstandenem Eifer heraus im Regen stehen zu lassen, erwiese sich mit hoher Sicherheit als kontraproduktiv. Ich setze mich, mit dem Rücken an eine der Türen gelehnt, auf den verstaubten Boden, um das Flair des modrigen Ambientes buchstäblich zu inhalieren. Im Keller, denke ich, stieben närrische Einfälle durch meinen Kopf, und ich spiele ernsthaft mit dem Gedanken, mir eines Tages ein wenig Zeit zu nehmen, um das eine oder andere niederzuschreiben.

Der Kuss

Unwillkürlich halte ich an und wende den Kopf zur rechten
Seite, zu der Frau hin, die, den Rücken mir zugewandt, auf
die Mauer gestiegen ist, um eine Werbeaufschrift zu entfernen. Obwohl ich die Augen nun schließe, sehe ich ihr Bild
vor mir, die Frau, ihren Rücken, den Rock und die Beine,
schlank und angespannt, weil sie auf den Fußspitzen steht,
und ich merke, wie dieser Eindruck sich wandelt, verändert,
verschwommene Umrisse ins Spiel bringt, die Hausfassaden
im Hintergrund viel schmutziger macht und die Fußgänger-
zone verschwinden lässt; ihre Schuhe hatten silberne Blei-
stiftabsätze und von den Fersen liefen dünne Nähte nach
oben, wo sie unter den Rock krochen. Die Verkäuferin
wusch etwas von der Wand, ich konnte nicht erkennen, ob es
ein Kaufmannsschild oder eine Tafel war, die sie jeden Tag
mit Kreide beschrieb. Gleichsam erschrocken war ich stehen
geblieben, vor ihren Waden, die mich in ungewohnter Weise
anzogen. Mit offenem Mund schaute ich nach oben, angestrengt, da ich mich ohnehin schon recken musste, um den
Erwachsenen ins Antlitz zu sehen. Ich wusste nicht, was ich
mir lieber wünschte: dass sie meiner gewahrte und mich ansprach oder lieber weitermachte, damit ich ihren Anblick still
genießen konnte? Auf die Schule hatte ich in diesem Moment vergessen, und ohne besondere Aufmerksamkeit glitt
mein Ranzen, in dem ich zwei Hefte und das Jausenbrot trug,
zu Boden. Dann hielt sie inne, zögerte und drehte langsam,
mit suchenden Augen, den Kopf. Sie stieg herab, legte das

Schrubbtuch zur Seite und kam auf mich zu. Mit einem Mal schämte ich mich, wusste nicht, wohin ich blicken sollte und stellte fest, dass es mir unmöglich war, mich zu bewegen; wie erstarrt blieb ich stehen und bangte den Worten entgegen, die sie mir, zu Recht erbost, sagen würde. Trotzdem gelang es mir nicht, den an meinen Gedanken nagenden Wunsch zu unterdrücken, den erstaunlichen Wunsch, diese Frau zu spüren, mich gegen ihren Bauch und die bestrumpften Beine zu pressen, wie ich es immer machte, wenn meine Mutter mich zu trösten versuchte. Von ihren Beinen konnte ich mich gar nicht abwenden, von den Knien, die bei jedem Schritt unter dem Saum hervorlugten, und den Schuhen, die, wenn sie einen auf das Pflaster aufsetzte, nachhallten. Ich machte Anstalten zurückzuweichen, zu fliehen, ihr auszukommen, und dennoch verharrte ich wie angewurzelt, fühlte, dass ich zu schwitzen begann, spürte die Hitze, die meinem Körper zu schaffen machte, und das immer lauter tönende Pochen in meinem Kopf. Als sie vor mich trat und auf mich herabsah, quälte sie mich, indem sie schwieg. Ich schaute hinauf, um zu erkennen, ob sie mir grollte, ob sie schimpfen würde, den Namen meiner Mutter verlangte oder zu einer Ohrfeige ausholte. Wie sehr jedoch überraschten mich ihr Lächeln, ihr offener Blick und das gepflegte Weiß ihrer Zähne! Sie streckte mir die Arme entgegen und bückte sich. Dann umfasste sie meinen Rücken und schob die andere Hand unter meine Knie; ich schloss die Augen und ließ mich fallen, emporgehoben von der Frau, deren Kraft mich verblüffte, da sie kein einziges Mal ächzte, wie ich es nämlich von der Mutter gewohnt war. Sie hob mich hinauf und ich lag in ihren Armen, glückselig schmunzelnd und, da sie meine Befürchtungen verscheucht hatte, völlig entspannt. Ohne mich um das Gleichgewicht zu kümmern, reckte ich den Hals, näherte mich, so glaubte ich, ihrem Gesicht und formte einen Kussmund, um ihre Liebkosung zu empfangen. Als der Druck ihrer Arme, die Wärme der Haut und ihr Geruch, das Parfum, das ich seit Minuten in der Nase hatte, plötzlich verschwanden, riss ich die Lider auf, krampfte mich zusammen und begriff, dass ich, aus eineinhalb Metern Höhe, zu Boden stürzte. Tief einatmend öffne ich die Augen und wende mich von der Frau ab, die das Werbeplakat fast zur Gänze von der Wand gelöst hat. Ich überlege, welche Buslinie für meine Fahrt die günstigste wäre und gehe zur Kreuzung.

Das Gemälde

In alle Richtungen spüre ich den Raum und freue mich über die Freiheit der Bewegung, flaniere durch die Straßen und denke an die vielen Freunde, die ich hinter den Fassaden der Häuser vermute. Diese Welt gehört mir und ich kenne so viele Winkel darin, dass ich oftmals über die Weite erschrecke, in die ich eintauche. Überall umgeben mich Farben, deren Intensität weder zu- noch abnimmt, Farben, die trotz ihrer Buntheit nichts wirklich farbig erscheinen lassen. Ich glaube, nur ein Gemälde behält seine Farben bei, Jahrzehnte, Jahrhunderte, bloß die Zeit mischt ein wenig Grau hinzu.

Wenn mich die Lust packt, beginne ich zu laufen, beobachte die Menschen am Straßenrand, versuche bisweilen, ihre Blicke einzufangen, um gleich darauf wieder wegzusehen, erschrocken, das erreicht zu haben, was ich wollte. Die Straße hat kein Ende, und so weit ich auch komme, sind es immer die gleichen Gebäude, die ihren Rand säumen und mein Blickfeld umrahmen.

Der Gedanke, auf der Suche zu sein, treibt mich an, und ich nehme mir kaum die Zeit innezuhalten und zu überlegen, was ich eigentlich finden möchte. So laufe ich weiter, drehe den Kopf nach links und nach rechts, höre die Geräusche der Stadt und fühle mich mit ihr verwachsen. Bisweilen kommen mir die Straßenzüge bekannt vor, und das Gefühl, schon einmal hier gewesen zu sein, lässt mich nicht los. Dennoch laufe ich weiter, ohne zu verschnaufen, suche nach Neuem, suche vielleicht auch nach einem Ende, nach einem Ausweg, nach einem Ziel. Ich habe mich an diese Suche gewöhnt, sodass ich gar nicht bemerke, wie müde meine Beine geworden sind.

Nur manchmal, da bleibe ich stehen und sehe in die Ferne, ganz behutsam, doch bestimmt, schaue immer auf dieselbe Stelle, bis sich, nach geraumer Zeit, verschwommene Formen aus der Luft schälen und allmählich aufklaren. Auf der anderen Seite des Bildes bemerke ich dann Gesichter, die mich aufmerksam betrachten, mich, meine Welt und die Umgebung, die ich für vertraut halte. Zu meiner Überraschung bleiben diese Gesichter ganz ernst.

Unter vergeblichem Mühen, meine Trauer zu unterdrücken, weiche ich einen Schritt zurück, zögernd, und wende den Blick ab. Mein Körper ist kraftlos und ich weiß, dass ich keine Möglichkeit haben werde, aus meinem Bild herauszusteigen.

Das Stiegenhaus

Vermutlich hatte Platzmangel zum Einbau einer derartigen Stiege geführt. Viele Häuser unseres Bezirkes verfügen über Wendeltreppen, doch kann ich mich nicht entsinnen, irgendwo anders Stufen gesehen zu haben, die bei jedem Tritt schwanken und schaukeln, wie es bei diesen zutraf.

In der Mitte wurde die gesamte Konstruktion von mehreren starken Seilen gehalten, Tauen aus Hanf oder ähnlichem Material – jedenfalls nicht aus Draht, dessen bin ich ganz sicher.

An der Außenseite jeder Stufe war ein weiteres Seil befestigt, um das Holz in der Waagrechten zu halten. Um hinaufzukommen, musste ich mich sorgsam festhalten, zeitweise geradezu mit den Armen hochziehen, weil ich den Kontakt mit den Füßen zur Trittfläche aufgrund der Schaukelbewegungen verlor. Die Außenseile fasste ich jedoch nicht an, schienen sie mir viel zu dünn und zu fein, um mein Gewicht, das ohnehin nur eine recht bescheidene Zahl auf die Waage brachte, zu tragen. Ich griff nach den Tauen in der Mitte, zerrte mich hoch und ließ die Beine nachschleifen.

Beim Bezug der neuen Wohnung hatte ich mir nichts gedacht, die Treppe eher als Kuriosum denn Faktum aufgenommen und zu einem Erzählobjekt für nächtliche Stunden im Freundeskreis gemacht. Ja, wir haben viel gelacht, als ich Details des seltsamen Gebildes zum Besten gab und ausmalte, wie ungeschickt ein jeder sich auf der Treppe fühlen musste.

Oft frage ich mich, wie man es anstellt, Möbel hinaufzuschleppen, Kommoden, Kästen, und viel schlimmer, da es nicht zerlegt werden kann: ein Klavier. Als mein eigener Hausrat befördert wurde, war ich im Ausland gewesen, hatte mich quasi gedrückt, aus beruflichen Gründen zwar, doch auch mit einem gewissen Gefühl der Befreiung. Hut ab vor meinen Freunden, die den Umzug zuwege gebracht und mir doch kein Wort über ihre Vorgehensweise verraten hatten.

Und schon wieder wackelte der gesamte Aufgang. Meine Oberarme schmerzten bereits, und als der Verwalter mich mahnte, ich möge doch leiser sein, schnauzte ich zurück, er solle sich lieber darum kümmern, eine Stiege einbauen zu lassen, bei der niemand riskiere, sich den Hals zu brechen. Woraufhin er seine Tür entrüstet und mit ziemlichem Getöse zuschlug und seither nicht mehr mit mir spricht.

Flaschenpost

Beinah unmerklich blies der Wind über die Dünen, und der alte Mann legte den Kragen seines Mantels um, damit er die salzige Luft direkt auf der Haut spürte. Er blieb stehen, atmete tief ein und wandte sich dem Meer zu. Mit den Stadtschuhen, die er trug, hatte er Mühe, über die Böschung und durch den Sand zu waten, der trotz des steten Luftzugs weich und nachgiebig war.

Die Hände in die Taschen gesteckt, begann er den Strand entlangzuspazieren, dicht an jener Linie, auf der die Wellen Muscheln und Spuren von Tang ablagerten. Den ganzen Tag über hatte er eine gewisse Unruhe empfunden, die sich zunehmend verstärkte, seit er den Wagen an der Straße, direkt neben der Bahnstation, geparkt hatte. Er war schon lange nicht mehr hier gewesen und freute sich darüber, allein zu sein.

Etwas weiter draußen fuhr ein Fischkutter, und wenn er sich anstrengte, vermochte er in der Ferne ein Linienschiff zu erkennen, das, so mutmaßte er, Kurs auf Korsika hielt. Ein paar Meter vor ihm wurde ein Gegenstand vom Wasser unermüdlich ans Ufer geschwemmt und wieder zurückgerollt.

Seinen Schritt verlangsamend stapfte der alte Mann näher, zog die Hände aus den Taschen und riss die Augenlider hoch, versuchte den Gegenstand mit seinem Blick festzuhalten und schüttelte sachte den Kopf. Wasser und Gischt spielten mit einer etwas trüb gewordenen Flasche. Der Flaschenboden zeigte eine Markierung, wie man sie üblicherweise auf

Weinflaschen anbrachte; obwohl die Intensität durch die Jahre und das Salzwasser gelitten hatte, blieb kein Zweifel am roten Farbton und an der Richtung des Pinselstriches. Die Flasche war mit einem Korken und einem Teerpfropfen verschlossen. Und irgendetwas schien in ihrem Innern hin und her zu rutschen.

Der Mann bückte sich und umfasste ganz vorsichtig den Flaschenhals, dessen Glas er mit dem Daumen zu liebkosen schien. Auf einmal schreckte er hoch und sprang gleich mehrere Schritte zurück, um nicht vom Wasser eingeholt zu werden, das so heftig ans Ufer schwappte, dass viele der abgelagerten Muschelgehäuse ins Meer zurücktrieben.

Minutenlang schaute er die Flasche an; das Kinn zitterte und die Augen glänzten, als eine Träne über die Wange lief und zu Boden fiel. Die Flasche war völlig unbeschädigt und das zusammengerollte Blatt im Inneren schien zwar vergilbt, aber trocken – die Idee, etwas Teer über den Korken zu streichen, hatte sich also bewährt. Nur den Grashalm, mit dem er das Papier damals, als Kind, zusammengebunden hatte, konnte er nicht entdecken; vermutlich hatte er sich aufgrund der zahlreichen Erschütterungen in den Wogen gelöst, war vertrocknet und schließlich zerfallen. Ein paar dunkle Spuren auf dem Boden der Flasche hielt er für den Rest, doch konnte es sich genauso gut um Sand handeln.

Der alte Mann hielt wieder auf die Dünen zu und verließ langsam den Strand. Oben, auf der Böschung angelangt, blieb er noch einmal stehen und sah ein letztes Mal aufs Meer.

Selbstlos

Jugend

Vielleicht hatte ich noch gar nicht daran gedacht. Es konnte nicht meine Schuld sein, dass der Schreibtisch wie leergefegt aussah, die Tischfläche ganz glatt, an den Rändern kein Stäubchen zu sehen. Ich setzte mich aufrecht hin, berührte das Holz mit den Unterarmen und schloss die Augen. Schon wieder verschnupft! Kein Wunder bei dem steten Zug, der durchs Zimmer blies. Jedenfalls war mir der Radiergummi zweifellos nicht in den Sinn gekommen.

Fast die ganze Seite bedeckte der Text. Mit Bleistift war er geschrieben, so, als hätte ich das Lächerliche an ihm, die nun unerträglich auf meinen Gedanken lastende Nichtigkeit, geahnt. Jeder Strich, jedes Buchstabenpartikel musste weg, zurückgenommen für mich und ungeschehen für die Mutter. Ich stand auf, trat hinter den Stuhl und überblickte den Schreibtisch. Manchmal sah ich an wichtigen Dingen einfach vorbei – vielleicht war der Radiergummi ja auf den Boden gefallen! Ich beugte sich vor, aber es war nichts zu sehen. Enttäuscht setzte ich mich. Der ganze Absatz musste weg. Durchstreichen konnte ich ihn nicht, das hob ihn nämlich nicht auf, wo er ohnehin nie wieder ungedacht sein konnte. Jeden Satz, den ich in der Eile mit Bleistift hingeschrieben hatte, musste ich ausradieren – mir blieb keine andere Wahl.

Beinah mit abgewandtem Blick zog ich die oberste Schublade auf. Wenn ich sie zudrückte, gerade so weit, dass ich noch in sie hineinlugen konnte, dann vermeinte ich den Schatten, der sich über den Ladenboden legte, auf meinem eigenen Rücken zu spüren. Die Gesichtsmuskeln fühlten sich gleichzeitig entspannt und konzentriert an. Ich atmete tief durch und erhob mich vom Stuhl, den ich mit den Knien ein Stückchen zurückschob. Die Nasenflügel zuckten, indes blieb nichts als ein schwacher Niesreiz. Dann fasste ich in die Schublade, steckte den ganzen Arm hinein, vorsichtig, um mich nicht anzustoßen, dann den Kopf. Lediglich das von außen hereinfallende Licht gewährte dürftige Helligkeit. Zuerst hob ich das linke Bein herein, dann das rechte. Noch in der Luft, in einer unbequemen Lage verharrend, glaubte ich der Schwerkraft zu entfliehen, und das plötzliche Knirschen bewies, dass sich die Lade aus ihrer Verankerung gelöst hatte.

Als die Mutter ins Zimmer trat, sah sie wohl eine der Schubladen auf dem Boden liegen, und dass diese sich ab und zu bewegte, schob sie auf den Wind, der wieder einmal durch die Wohnung fuhr. Schließlich stand sie vor dem Schreibtisch, hielt das mit Bleistift beschriebene Blatt Papier in der Hand und las.

Reflektor

Ein Fall von Mediokrität, sagte er, purer und schrecklich banaler Mediokrität, an welcher er nichts Beschönigendes ausmachte, so sehr er sich auch abmühte, solches herauszupicken und in den Vordergrund zu schieben. Nein, vermutlich spielte es nicht einmal eine Rolle, ob er die Studienabschlüsse, die in seiner Tasche ruhten, auf den Tisch legte oder nicht, denn dort, wo dieses sinnvoll wäre, verbarg er sie ängstlich, und dort, wo jeder ihn von vornherein als überqualifiziert abstempelte, legte er sie quasi zum Gruß vor die Nase seines Gegenübers. Wenn er zurückdachte, vermochte er sich kaum zu entsinnen, seine Mittelmäßigkeit schon während der Ausbildung vor sich hergetragen zu haben; ganz im Gegenteil, damals hatte er sich über das Lächeln gefreut und dieses (wohl fälschlicherweise) als eine Bestätigung seines großartigen Könnens aufgefasst, sich mehr oder weniger selbst auf die Schulter geklopft und lediglich eine wegwerfende Geste für jene übrig gehabt, die den Finger zaghaft hoben, um auf eine Schramme in seinem Selbstbildnis hinzuweisen, die er bedauerlicherweise nicht einmal als billigen Schönheitsfehler wahrnahm. Falls die Mitte das Zentrum war, wie es hieß, dann fühlte er sich nicht nur zentral, sondern immerzu im Kernfeld der Aufmerksamkeit, er traf jede Zielscheibe punktgenau und kümmerte sich nicht darum, ob sie seinen Treffern standhielt oder, wenn schon nicht umkippte, vor Scham zerrann und sich dem allmählich aufkommenden Gelächter als triftiger Grund anpries. Hatte er nicht erst in einer Sitzung der vergangenen Woche den sprichwörtlichen Vogel abgeschossen, als die Gesprächsleiterin vor versammelter Belegschaft meinte, sie hoffe, dass auch er, und nun zeigte er mit dem Finger auf die eigene Brust, bald erscheine, und er halb (also wieder mittig) aufstand, die Hand hob und rief, er sei schon da, wegen einer kurzen Unachtsamkeit nicht ahnend, dass die Sprecherin sehr wohl von seiner Anwesenheit wusste, aber das Erscheinen seines Artikels angesprochen hatte? Wodurch ein Gewieher unter den Kollegen losgetreten war, das noch heute in seinen Ohren klang. Er zog ein Taschentuch heraus und schnäuzte sich lautstark, grinste ob der gelungenen Unterbrechung und steckte es zurück in den Hosensack. Von seinen beruflicherseits bestenfalls durchschnittlichen Erfolgen einmal abgesehen, fuhr er fort, gemahnte ihn der Versuch, ein wunderbares – und wenn es nicht dermaßen abgedroschen klänge, nennte er es ein »glückliches« – Leben aufzubauen, eher an einen erdgeschichtlichen Kataklysmus, der jedoch keinerlei neue Möglichkeiten schuf, sondern mit allem ratzeputz aufräumte und ihm, wenn er ins Grübeln geriet, vor Augen führte, dass vermeintlich kundige Ansätze im Schlamm der Realität stecken geblieben waren. In seinem Alter, versetzte er spitz, blickte er auf drei gescheiterte Ehen zurück, jede Frau lief ihm davon und vermittelte ihm das Gefühl eines auch im übertragenen Sinne gänzlich Zurückgebliebenen. Woher, rief er aus, sollte er die Kraft schöpfen, die es brauchte, um im Strudel des Daseins zu bestehen? Denn wer einmal in die Mitte des Strudels trieb (und hier offenbarte sich die wahre Natur des Mittelmäßigen), der stieß jedwede Chance, dem wummernden, alle Sinne benebelnden Kreisel zu entkommen, weit von sich fort und erlag dem Geraune der Gosse, welches er früher, als er noch Bücher las, bloß dem Reich der Sirenen zugetraut hatte. Einer gewissen Ungeschicklichkeit hatte er sich freilich schuldig gemacht. Indes strebte er stets nach harmonischem Auskommen, nach verständiger Zweisamkeit und einer Generosität, deren monetäre Variante allein an den wirtschaftlichen Rahmenbedingungen litt. Nein, es machte wirklich keinen Spaß, immerzu in der Mitte zu landen, wenn diese Mitte im Grunde dazu missbraucht wurde, an der am raschesten erreichbaren Stelle den Müll abzuladen, sich danach die Hände abzuputzen und so zu tun, als läge ohnehin schon alles an seinem richtigen Platz. Besonders am Wochenende, erläuterte er mit nachdenklicher Stimme, fühlte er sich geradezu mau, widerstand nur mit Mühe der Versuchung, Pro und Kontra gegeneinander abzuwägen, ja auszuspielen und aufzurechnen, und reflektierte angestrengt über eine Welt, in deren Zentrum er zwar saß, aber welcher er bei genauerem Hinsehen lediglich am Rande angehörte. Ob er dann lachen oder weinen sollte, wusste er nicht, doch hatte er die Erfahrung gemacht, dass sowohl das eine wie auch das andere Erleichterung verschaffte. Um den Kopf wieder freizumachen, widmete er sich den privaten Zerstreuungen, lud Freunde ein oder brachte sein Kind zum Sportclub. Dann hielt er inne, beobachtend und still. Wenn er Zeuge wurde, in welcher Art sein halbwüchsiger Sohn seine Freunde begrüßte, wurde ihm mit einem Mal klar, dass dieser sich längst über die Mediokrität des Vaters erhoben hatte und zu etwas Besserem, zu etwas Ernstzunehmendem aufstrebte, das er selbst lediglich als jenen Zipfel kannte, dem er zeitlebens nachjagte.

Aufzüglich

Nicht einmal eine Tasse Tee verscheuchte das flaue Gefühl, das mich seit der Früh quälte. Ich stand auf und ging ins Vorzimmer, versuchte mich im Spiegel zu ertappen, da mir die Vermutung, ich würde lediglich dahintorkeln, nicht aus dem Kopf wich. Wie in Trance zog ich die Weste über und schlüpfte in die Schuhe, um die Wohnung zu verlassen. Den Schlüssel ließ ich in die Hosentasche gleiten.

Ich rief den Aufzug und starrte eine ganze Weile auf das rote Lämpchen, das zwar brannte, aber, so schien mir, den Gewünschten nicht und nicht herbeiholte. Wahrscheinlich wieder ein paar Quasselstrippen, die den Fuß nicht aus dem Fahrstuhl brachten, dachte ich mürrisch.

Da kam der Moment, in dem ich mich teilte; ich bemerkte, wie die eine Körperhälfte sich von der anderen löste und mit leise schmatzendem Geräusch zur Seite trat. Völlig unbefangen öffnete sie die Lifttür und stieg in die Kabine, die soeben erst angekommen sein musste.

Voll der Überraschung wagte ich nicht, mich von der Stelle zu bewegen, und sah zu, wie die andere Hälfte meines Körpers hinunterfuhr. Ehrlich, ich freute mich, als sie mir zuwinkte, doch fiel mir zur selben Zeit ein, dass sie es war, die den Wohnungsschlüssel in der Hosentasche trug.

Widerspruch

Natürlich, entgegnete ich, genau darum ginge es und wenn
er das nicht verstehe, dann habe jede weitere Diskussion
überhaupt keinen Sinn. Er war nicht geübt, mit meiner Auf-
sässigkeit umzugehen, schlenkerte unbeholfen mit den Armen und sagte nur, ich liefe ihm schon wieder davon. Die
Steigung empfand ich eigentlich als harmlos und ein Stück
weiter vorn wurde die Gasthütte sichtbar, deren Terrasse
einen grandiosen Blick auf die Berggipfel bot. In früheren
Zeiten hatten solche Hütten ihn magisch angezogen, in ihm
Kräfte geweckt, die sich zuvor scheinbar verflüchtigt hatten;
mir war die Einkehr auf die Nerven gegangen: eine halbe
Stunde Spazieren und dann drei Stunden im Lokal, schräger
konnte dieses Verhältnis doch gar nicht sein! Dabei hatte ich
mich geduckt, nur anfänglich gemault und es dann aufgegeben. Schließlich stand einem Kind keinerlei Einmischung zu!
Indes konnte ich es nicht leiden, dieses Einhalten, dieses Zu-
rückgehen, diese Passivität in ihm zu sehen, in seiner Miene,
in all seinen Bewegungen. Die Worte, sofern sie überhaupt
kamen, unterstrichen die Resignation, die er mit schlaksigen
Gesten zu verbergen suchte und die sich mir so tief ins Hirn
brannte, dass ich sie noch heute vor mir sehe, wenn ich die
Augenlider zumache. Dabei hatte ich ihn mir anfangs ganz
anders vorgestellt, so, wie das wohl alle Söhne tun, einen
großen, autarken, gegen alle Verdrießlichkeiten des Lebens
gewappneten Übervater, dessen Glanz bloß nach und nach
zu ermatten begann. Erst in der Mittelschulzeit hatte ich ihn

im Umfeld seiner Firma erlebt, den Herrn Verkaufsleiter, dessen aufdringliches Gerauche mir zu dieser Zeit bereits fürchterlich gegen den Strich ging, aber die Souveränität, mit welcher er die computergedruckten Zahlenraster seiner Abteilung kontrollierte, erhielt einen Kratzer, als er anlässlich einer Messeausstellung vom eigenen Vorgesetzten angesprochen wurde. Selbstverständlich hat meine Phantasie die Szene ausgeschmückt: Ich sah ihn förmlich in die Knie knicken, zusammensacken und buckeln, vor seinem Chef, dem Top-Manager aus der deutschen Zentrale, der auf mich höflich und etwas oberflächlich wirkte. Das Gesicht des Deutschen hat sich nicht in meinem Gedächtnis gehalten, wohl aber das übertriebene Nachgeben meines Vaters und der – denn seit jenem Tag erst verstehe ich diesen Ausdruck in seiner vollen Tiefe – vorauseilende Gehorsam gegenüber der Obrigkeit.

Wanderungen unternahmen wir nur selten. Lediglich ein bisschen Schirutschen im Schnee und ein paar Sommerurlaube am Badesee bereiten mir ein wohliges, ein nostalgisches Gefühl. Als er mit mir ins Fahrradgeschäft fuhr, war noch kein Anlass zu Streit, zu Diskussionen oder ernsthaften, erwachsenen Gesprächen. Eigentlich hatten wir ein ganz anderes Ziel gehabt, so war mir zumindest suggeriert worden, und dann standen wir in dem Fahrradladen, probierten wie zum Spaß unterschiedliche Räder, bis er mir bei einem violetten, das es mir angetan hatte, eine Wunscherfüllung zum Geburtstag oder zu Weihnachten in Aussicht stellte. Wie sehr staunte ich, als er sich plötzlich bei der Kassa umständlich an seiner Brieftasche zu schaffen machte und der Verkäufer das Rad zusammenklappte und draußen in unseren Kofferraum steckte! Ich brauchte noch ein paar Minuten und das Anfahren des Wagens, mit mir auf dem Rücksitz, bis ich realisierte, was da eben passiert war. Das Fahrrad gab ich erst wieder weg, als es fast schon auseinanderfiel. Es dauerte weitere Jahre, bis ich erfuhr, dass meine Mutter es war, die ihm damals das Geld für den Kauf in die Hand gelegt hatte. Ein stillschweigendes Profitieren von ihrer Bemühung, ärgerte ich mich im Nachhinein, von ihrer Arbeit, einzig und allein von ihrer Arbeit; und doch wird diese Erinnerung immer nur mit ihm verbunden bleiben. Indes sagte ich ihm auf den Kopf zu, dass ich nie so werden wollte, wie einer, der andere ausnutzt. Das Lob einzustecken, das jemand anders verdiene, einen Erfolg zu feiern, der mir nicht gebühre, und mein eigenes Leben auf dem Rücken anderer zu bestreiten, nein; selbst wenn meine Existenz dann zu einem Dahinwurschteln verkäme. Und in dieselbe Kategorie falle sein zur Schau getragener Unmut gegenüber den Gastarbeitern, den ich im Grunde bereits als Aversion empfand, als einen inmitten einer sich immer deutlicher formierenden Meute mitskandierten und mitgetragenen Hass. Unversehens schnauzte er mich an, dass er bei seinen zahlreichen Geschäftsreisen mit vielen Arbeitern auf dem Land verkehrte, und mit den Schankwirten, und dass diese ihm andauernd davon erzählten, wie sie ihre Jobs an die Einwanderer verlören und die Gastzimmer nahezu kostenlos zur Unterbringung von Asylanten abgeben müssten. Die vorgeblich liberale Politik der Regierung spüle die gesamte lokale Wirtschaft den Bach hinab. Damit hatte er es geschafft, mich vorerst mundtot zu machen, denn was sollte ich seinen Erfahrungen schon entgegensetzen? Zähneknirschend gestand ich ein, dass diese Erzählungen wohl auch Wahres enthielten, doch ich hatte keine Statistiken parat, kannte mich weder in der Volkswirtschaft noch in der Lokalpolitik aus, während es hingegen keineswegs nur meinem Wunschdenken, sondern ganz profaner Logik entsprach, dass die Schuld an der Misere unmöglich den Fremdarbeitern anzulasten war. Aber das konnte ich ihm nicht vermitteln und das Telefonat endete wie so viele: im beidseitigen Zorn.

Auch über den Krieg debattierten wir, über die Nazis und den Einmarsch in Österreich. Während ich anfänglich noch nicht verstand, dass auch er mir nur sagen konnte, was er selbst von seinen Eltern gehört hatte, wies er mich von Beginn an auf die zwanghafte Situation eines jeden Betroffenen hin, und wie ich als Schüler allmählich die Sinnhaftigkeit des Phänomens Krieg anzweifelte, warf er mir einen Satz hin, der sich tief eingegraben hatte: Wenn es darauf ankomme, beschwor er, dann zähle nur das eigene Leben und sonst nichts! Das Interesse am Militärischen halte ich lediglich für eine Episode meiner Jugend. Doch als er mir von den Abfangjägern und Panzern des Bundesheers vorschwärmte und von der freiwilligen Längerverpflichtung, mit der er geliebäugelt hatte, und sich ein paar Monate später herausstellte, dass er, vermutlich aufgrund eines administrativen Versehens, nicht einmal vor einer Stellungskommission hatte antreten müssen, erwachte in mir der Verdacht, er könne sich in jedem Wind so wenden, dass es die geringste Reibung verursache. Das hatte ich nicht erwartet, nicht vom eigenen Vater.

Anlässlich eines Mittagessens im Gasthaus, das ein paar Monate nach unserem Ausflug stattfand, ließ er quasi zum Drüberstreuen eine Meldung los, über der ich augenblicklich den Nachtisch vergaß. Wie wir auf das Thema kamen, ist mir entfallen, aber er schlug verhalten mit der Faust auf die Tischplatte und meinte, die Juden, damit meinte er die jüdischen Gewerbetreibenden, zahlten seit 45 keine Steuern und er sähe nicht ein, wieso er, der im Jahr des Kriegsausbruchs geboren wurde, das mitfinanzieren müsse. Meine Rage brachte mich zum Stammeln, zum Stottern, und das gleich in zweifacher Hinsicht: erstens wegen seiner irgendwo aufgeschnappten Halbwahrheiten und seines Hinpeckens auf Leute, von denen er so gut wie nichts wusste, und zweitens, weil ich mich mangels Detailinformationen außerstande sah, sachlich zu kontern. Diesen Konter lieferte ich freilich nach, per Telefon; da fuhr ich ihn dann an und konnte richtig spüren, wie er am anderen Ende der Leitung regelrecht zusammenzuckte und verstummte, denn was er mir da vorgesetzt hatte, betraf ausschließlich die Gewerbesteuer und das nur für die ersten zwanzig Jahre; außerdem war diese Steuer inzwischen abgeschafft. Darüber hinaus führte ich ins Feld, dass er, wenn er sich schon über diese relativ geringe Steuererleichterung echauffiere, noch viel mehr die Entschädigung der österreichischen Nazis in der unmittelbaren Nachkriegszeit anprangern müsse, die plötzlich als Opfer einer vermeintlich rachsüchtigen Entnazifizierung hingestellt wurden und ihre zwielichtigen Tätigkeiten von der Zweiten Republik komplett als Dienstzeiten angerechnet bekamen, er sollte die ungeheuerliche und seinerzeit gängige Praxis beklagen, die ehemals nationalsozialistischen Hochschulprofessoren innerhalb kürzester Zeit für unersetzbar zu erklären und an die Unis zurückzuholen, während die vertriebenen jüdischen Dozenten ihre Karrieren zwangsweise auf amerikanische

Universitäten verlegen mussten. Selbstredend wüsste ich, dass er als damals Zehnjähriger von den fragwürdigen Vorgängen vermutlich nicht einmal etwas mitbekommen hatte, aber später, als Erwachsener, hätte er sie doch in Erfahrung bringen müssen, denn um die opportunistischen Reinwaschungen wurde zu keiner Zeit ein besonderes Hehl gemacht und die nazistische Gesinnung hauste unangetastet in den Köpfen der Leute. Aber er tat, als hörte er von solchen Dingen zum ersten Mal, ja er zweifelte sogar die Glaubwürdigkeit meiner Quellen an. Sein verbaler Ausfall, seine unbegründete Attacke, hielt ich ihm hingegen unbeirrt vor, basiere wieder einmal auf dem halb wachen Gerüchtehören, aus dem er sich alles herauspicke, woraus ein möglicher Nachteil für ihn konstruierbar wäre, und die auf diese Weise verbogenen Wortfetzen erhebe er dann als Waffe gegen all jene, denen er sich nicht zugehörig fühle. Ich gewahrte zwar keinen Täter in ihm, aber auch einen Verhinderer vermochte ich nicht zu erkennen, sondern eher einen Gelegenheitstäter und somit also doch einen Täter. Was fehlte, war, zum Glück, die den Ausschlag gebende Situation.

Während er, bald nach der Scheidung, in Ottakring wohnte, in einem Bezirk, den ich damals lediglich vom Namen her kannte, erzählte er von den lauten Abenden und den unruhigen Nächten in seiner Straße, von den Messerstechereien und der einen Schießerei, die klang, als wäre sie einem Film entsprungen. Sogar im Chronikteil der Zeitung könne man tagtäglich darüber lesen, in jenem Blatt, gegen das ich so oft wettere, stichelte er. Die Reibereien zwischen den Türken und Serben hatte er, wie er nicht müde wurde zu betonen, jeden Tag vor dem Fenster. Mir war jedes Mal klamm, als ich durch die Gasse stapfte, obwohl zu jenen Zeiten natürlich alles ruhig blieb. Jahre später bekam ich die rüden Umgangsformen und laufend ausbrechenden Aggressionen in den Migrantenlokalen von einer befreundeten Polizistin in sehr ausführlicher Darstellung bestätigt. Und seine neue Lesebrille, fällt mir jetzt ein, zeigte er mir, als wir auf der Terrasse der Hütte saßen und auf das Glück anstießen; er zog sie aus der Brusttasche, eine einfache Brille mit silbrigem Metallrahmen und eher klein gehaltenen Einfassungen. Zeit seines Lebens hatte er keine Augengläser getragen und meinem verwunderten Blick hielt er entgegen, dass auch vor ihm das Alter nicht Halt machte. Ich schüttelte den Kopf, schmunzelte angesichts der bewusst eingefädelten Unterbrechung und schaute an ihm vorbei, in die Ferne der nebelumsprühten Gebirgsgipfel. Ich verstünde sein Unbehagen inmitten dieser fremden Umgebung, begann ich meine Überleitung, aber er müsse doch verstehen, dass gerade Wien über viele Jahrhunderte immer eine mehrsprachige und multikulturelle Stadt gewesen war und ganz besonders die Mentalitäten der Baiern, Slawen, Magyaren und Juden vermischt habe, eben zu dem typisch Österreichischen. Indes schilderte er, als hätte er meine Worte gar nicht gehört, ein Erlebnis an der Straßenbahnhaltestelle, wo er ein paar Worte mit seiner Lebensgefährtin wechselte und ein nebenstehendes Pensionistenehepaar plötzlich ausrief: Jö schau, da spricht noch einer deutsch! Er faselte etwas vom Fremdsein im eigenen Land und ich schickte mich an, meinen Apfelsaft mit betont bedächtigen Zügen auszutrinken, um meine aufsteigende Wut leichter unter Kontrolle zu halten. Dass ich, ein Dolmetschstudent, mich automatisch jedem fremden

Idiom zugetan fühlte, war ihm schließlich nie ganz koscher vorgekommen.

Natürlich war die erste Ausstrahlung von »Holocaust« auch bei uns eine Art Sensation. Da wurde geschaut, jede einzelne Folge, und ich wollte mitschauen. Allerdings erhielt ich nur teilweise die Erlaubnis dazu, angeblich war ich zu jung, und so konnte ich mir die fehlenden Teile erst später, bei der Wiederholung, ansehen, und das heimlich, im eigenen Zimmer, bei geschlossener Tür, wo ich ganz unbemerkt weinte, weil sie die hübsche Frau des jungen Weiss auf der Flucht mit den jüdisch-polnischen Partisanen erschossen. Die Offenheit für die Thematik wurde gewiss in der Schule geweckt – denn im Gegensatz zu den Behauptungen vieler, auch Gleichaltriger, wurde im Unterricht sehr wohl darüber diskutiert. Doch irgendwann einmal prallte ich völlig unvermutet gegen seine Auflehnung. Trotzig, eigentlich verärgert – was mich umso mehr verblüffte –, rief er, dass er längst genug habe und damit endlich einmal Schluss sein müsse. Wahrscheinlich verstand ich am Beginn gar nicht, was er meinte, und als es mir dann dämmerte, begriff ich sprachlos, dass er wiederholte, was jahrzehntelange ewiggestrige Verleugnungen vorgeplappert hatten. Vielleicht wird man rasch zum Mitläufer, wenn man das eigene Leben gefährdet sieht und die Familie, ja. Aber in einer Gesellschaft, in der keinerlei Gefahr droht, für die eigene Meinung eingesperrt, gefoltert und umgebracht zu werden, fehlt mir jegliches Verständnis für eine Anbiederung. So krachten wir in unseren nächsten Streit, an dessen Ende ich mich in meinem Zimmer verschanzte, kochend vor Wut und ohnmächtig ob der Erkenntnis, ihn weder einbremsen noch von etwas Vernünftigerem überzeugen zu können. Ein dickes Buch knallte ich auf den Boden, viel lieber hätte ich es durch die Fensterscheibe gejagt.

Ich fragte ihn, ob er mir eigentlich noch zuhöre, immerhin entsprach der Abstieg mehr einem gemütlichen Spaziergang denn einer Wanderung, und er machte eine wegwerfende Handbewegung. Es habe doch keinen Sinn, argumentierte ich, die Augen zuzudrücken und alle Unannehmlichkeiten zu ignorieren. Ich hielt inne und korrigierte mich, führte an Stelle der Unannehmlichkeiten ganze Situationen oder Geschehnisse an, die eine Stellungnahme erforderten, ein Bekenntnis zu bestimmten Prinzipien, die jede Person ihr Eigen nenne. Aus einem Seitenblick heraus bemerkte ich, dass er die Nase rümpfte, deshalb zuckte ich mit den Achseln und meinte, ich hätte noch nie verstanden, wieso er in den Siebzigern die Sozialisten gewählt hatte – und ich habe seine Begründungen noch deutlich im Gedächtnis –, dann aber auf die christliche Volkspartei gewechselt war und heute, und das untermalte ich absichtlich mit einem provokanten Ton, um zu eruieren, ob es denn tatsächlich stimmte, die sogenannten Freiheitlichen unterstützte, deren Parolen doch mit jenen der Deutschnationalen und Braunhemden korrelierten. Was das nun wieder hieße, zischte er mich an und schritt erbost voraus. Jetzt müsse man sich sogar für sein Wahlverhalten rechtfertigen, zankte er herum, ohne mich anzusehen, ja er fühle sich richtiggehend genötigt, seine ehrliche Meinung zu verstecken, den Mund zu halten, um nicht mitten auf der Straße von irgendwelchen linken Chaoten verdroschen zu werden. Insgeheim dachte ich, er hätte es kaum anders verdient, wenn er tatsächlich meinte, was er von sich gab. Aber ich schwieg, bemühte mich, den Zwist nicht gänzlich ausufern zu lassen, wollte zumindest eine oberflächliche Gesprächsbasis erhalten. Es war spät geworden und wir beabsichtigten, noch vor Einbruch der Dämmerung auf die Autobahn zu gelangen.

Mit den Jahren bemerkte ich die Gesten der Ausflucht, die in meiner Erinnerung so lebendig sind, auch an mir, ich erschrecke förmlich, wenn ich in den Spiegel schaue und den Blick erkenne, diesen ängstlichen, übervorsichtigen, welcher jedwede Courage vermissen lässt, der ich verkrampft nachhänge. Was, wenn auch ich mich zum Mitläufer wandelte, in einer Situation, der ich – was mir dann erst bewusst würde – nicht gewachsen wäre, nichts entgegenzusetzen hätte, weil mir die innere Sicherheit fehlte! Geriete ich tatsächlich in Gewissenskonflikte, in ethische Nöte, die mir den Rest meines Daseins vergällten, nachdem sie andern vielleicht sogar das Leben gekostet hätten? Wie wenig vermag ich solche Fragen zu beantworten, und er, er schwieg, sah an mir vorbei, als wüsste er gar nicht, wovon ich sprach. Sogar die Kamera zupfte er heraus, um ein Foto zu machen, von der großartigen Naturlandschaft, verriet er mir, und er hätte auch gern eins gemeinsam mit mir. Das Zusammensein drohte sich in Passivität aufzulösen, in ein Auskühlen der Gemüter, denn die Luft war verpufft, die Kraft erschöpft.

In den ersten Wochen, ja Monaten, ignorierte er die schwelende Diagnose, verheimlichte das Gespräch mit dem Arzt, ich vermute sogar, dass er die Gefahr absichtlich verdrängte, aus seinem Bewusstsein verbannte, um sich keiner Tatsache zu stellen, die er nicht mehr zu ändern vermochte. Als die zügellose Ausbreitung der Metastasen auch für

Außenstehende zur Gewissheit wurde, verlegte er sich auf einen weitaus offensiveren Ton, machte jedes Gespräch zu einer monologischen Hasstirade und schob jedem die Schuld an seiner Krankheit zu, nur nicht den eigenen, ungesunden Gewohnheiten. Worauf ich reagierte, das waren die Angriffe, die üblen Herausforderungen, und ich schoss zurück, wie ich es jahrelang getan hatte; einmal beendete ich den Disput, indem ich wortlos den Hörer auf die Gabel knallte. Seine zunehmend unverhohlenen Anfeindungen gegenüber Ausländern waren mir derart zuwider, dass ich die wachsende Hoffnungslosigkeit, die Verzweiflung, die aus seinen Worten schrie, einfach übersah. Dabei hatte er so gern Reisen unternommen, zu dieser Gelegenheit hunderte und tausende von Dias geknipst, die er mit Leidenschaft präsentierte, in Verwandtschaftsrunden und im Freundeskreis. Der Bogen von den isländischen Geysiren und Lavaverwerfungen bis zu den ägyptischen Dünen und Götterstelen dauerte Stunden, in denen Begeisterung und Faszination die im Halbdunkel lauernde Ermüdung abfederten. Erst in der kleinen Wohnung, die er anfänglich allein bezog, war ihm die Bildersammlung nicht mehr wichtig, so, wie er sich überhaupt von vielem, was ihm etwas bedeutet hatte, trennte. Vielleicht wäre er sogar zur Ruhe gekommen, wenn sich die beiden lärmenden Lokale nicht ausgerechnet vor seiner Haustür befunden hätten.

Die Kälte macht den Docht schwer entzündbar, denke ich und entflamme das Feuerzeug bereits zum vierten Mal. Die Finger zittern – kein Wunder bei der frostigen Luft – und immer wieder verfehle ich das Geflecht, zucke unwirsch weg, wenn ich den Rand berühre, und probiere von Neuem.

Aber schließlich brennt die Kerze, flackert zwar unstet, obwohl ich die Hand schützend über den roten Kunststoffbecher halte, widersteht dem Wind jedoch, bis ich das Licht in den metallenen Laternenrahmen stelle und das Türchen verriegle. So. Es leuchtet. Wie ein mahnender Wegweiser inmitten der Stille. Ich schließe die Lider, atme tief ein. Schlucke den unmittelbar hochkommenden Groll hinunter, über das viele Unausgesprochene und die missratenen letzten Monate, die Erbitterung über das ungeschickte Verhalten gegenüber den Anzeichen der Krankheit und über die Sturheit, die letztlich die Oberhand behalten hat. Und warum ist es hier immer eiskalt? So weit ich mich zurückerinnern kann, habe ich an solchen Orten gefroren. Natürlich weiß ich, dass ich nur meiner Einbildung aufsitze, die Kühle auch ein Produkt meines Widerwillens ist, und nehme mir vor, für meinen nächsten Besuch ganz bewusst einen Sommertag auszuwählen. Es ist schon eigenartig zu beobachten, wie die Kerze nun völlig unbeweglich ihren rötlichen Schein verströmt und mir ein Gefühl von Ruhe vermittelt, das ich lange nicht mehr in seinem Beisein empfunden habe. Als ich bedächtig kopfnickend – und diesmal ohne jedes Aufbegehren – zurücktrete, habe ich das mürrische Stirnrunzeln vor Augen, mit dem er meine beharrlichen Einwände zu quittieren pflegte; das war die Ankündigung des Sturms, der Vorspann zum eifernden Wortgefecht.

Nächtens

Ein böser Traum hatte mich hochgeschreckt; ich presste die Hand auf die Brust, spürte das rasante Herzklopfen und bemerkte, wie Schweiß durch die Poren trieb und den Stoff des Pyjamas feucht machte. Eine Frage hallte durch meinen Kopf, gestellt in verschiedenen Stimmen, obwohl ich wusste, dass es nur die Stimme meines Freundes sein konnte, mit dem ich am Vortag geplaudert hatte. Wieder lag ich allein im Bett, denn Andrea hatte sich im Arbeitszimmer schlafen gelegt, wie schon so oft in den letzten Wochen. Die Frage ließ mir keine Ruhe, die Frage, wie viel ich für sie empfand, ob ich sie noch liebte, eine Frage, die mich erstaunte. Stockend hatte ich ihm geantwortet, mit dem Bewusstsein, jede Sicherheit längst verloren zu haben und nicht mehr sagen zu können, wie viel mich noch an sie band; ich sah mich unfähig, mich an mein Gefühl zu erinnern und es auszudrücken. Die Frage des Freundes hatte mich erschreckt und ich begriff, dass sie der letzte Schritt war, den ich vor einer endgültigen Entscheidung setzen musste. Allmählich rappelte ich mich hoch, streifte die Tuchent von mir und verharrte mehrere Sekunden, um meine Aufregung abzuschwächen. Danach stand ich auf, versuchte die Umrisse der Regale und des Esstisches in der Dunkelheit zu erkennen, berührte zur Orientierung die Wand und tappte langsam durch den Flur, darauf achtend, auf keinen der Lego-Steine zu treten, die ich nach dem Spiel der Kinder nicht aufgesammelt hatte. Vor der Tür zum Arbeitszimmer überlegte ich einen Augenblick, bevor ich die Klinke ergriff und nach unten drückte. Die Tür klemmte und es war mühsam, sie ohne Lärm aufzumachen, was indes mit sehr viel Geduld gelang. Andrea hatte alle Lampen ausgeknipst und trotzdem erschien mir das Zimmer viel heller, weil die Jalousie nicht völlig abdunkelte und die Leuchtschrift des Cafés von gegenüber durch die Ritzen schimmerte. Als ein Auto vorbeifuhr und seine Scheinwerfer meinen Schatten über die Buchrücken jagten, zuckte ich zusammen und legte die Finger auf den Mund. Andrea hatte nichts bemerkt, sie schlief völlig ruhig und ich vernahm ihre regelmäßigen Atemzüge, hörte dabei ein leises, ebenso regelmäßiges Kratzen, das die Auf- und Abbewegung der Matratze und die sie begleitende Reibung am Holz des Bücherschranks verursachten. Ich schlich zu ihr hin und hockte mich lautlos auf den Fußboden, bemühte mich, meine Knie nicht oder zumindest nur leise knacken zu lassen, und lehnte mich mit dem Rücken an den Schreibtisch. Rhythmisch hob sich die Decke ein paar Zentimeter und sank wieder an die ursprüngliche Position zurück, als Andrea ausatmete. Ihr Gesicht wurde gleichmäßig erhellt, nur unter dem tiefer liegenden Nasenflügel machte sich etwas Schatten breit, der bis zu den Haaren verlief. Ich sah den Ärmel ihres Pullovers, es musste der blaue sein, was in der Dunkelheit nicht schlüssig festzustellen war, und ich wusste, dass sie auch eine dünne Hose trug; schon lange hatte ich sie nicht mehr nackt gesehen. Wenige Haarsträhnen hingen über ihre Stirn und schienen beim Augenwinkel verklebt, glänzend vor Schweiß oder nicht vollständig getrockneter Tränen. Das Augenlid zuckte, zitterte mehrmals, und ich näherte die Hand ihrem Kopf, als sie von allein völlig ruhig wurde. Vielleicht ein Traum, dachte ich und hätte viel darum gegeben, die Gedanken ihres Unterbewusstseins mitzuerleben. Die Wangen lagen entspannt und rund um die Mundwinkel spielte mehrmals ein angedachtes Lächeln, ein ironisches Grinsen, der Witz, den ich so sehr an ihr mochte. Die bedrängende Frage kam mir neuerlich in den Sinn und ich legte den Kopf schräg, versuchte mir Andrea wach vorzustellen, sah ihren Blick vor mir und glaubte ihre Stimme zu hören, Worte, die sie mir früher, am Beginn unserer Beziehung, oft gesagt hatte. Ich wollte dieses Gesicht nicht missen und bemerkte, wie mein Herzschlag beschleunigte und in der Brust zu schmerzen begann, als ich mir vorstellte, ich würde sie unabwendbar verlieren. Nur allmählich gelang es mir, mich wieder zu beruhigen, immerzu in der Furcht, das verräterische Klopfen, das ich so laut in den Ohren hatte, könnte sie wecken. Unter dem Stoff der Decke erahnte ich die Rundung ihres Beckens, doch ich getraute mich nicht, sie anzufassen, obwohl mich ein geradezu unerträgliches Verlangen überkam, mich an ihren Körper zu schmiegen und ihre Anwesenheit zu fühlen. Erst jetzt fiel mir auf, dass ich fröstelte, denn die Heizung war auf eine niedrige Temperatur gedreht und ich saß bloß im Pyjama auf dem Parkett. Vorsichtig stemmte ich mich hoch. Als Andrea plötzlich schnaufte, erschrak ich, doch sie drehte sich lediglich auf die andere Seite und zog die Decke ein Stück höher. Unwillkürlich lächelte ich; dann ging ich aus dem Zimmer und zog die Tür möglichst geräuscharm zu.

Wegweisend

Ungeheuerlich. Die einzig treffende Beschreibung. Ein ungeheuerlicher Affront. Aber ich hatte ihn zu schlucken. Hinunterzuschlucken. Ohne mich zu verschlucken. Oder zu kündigen. Nein, das schien mir bar jeder Vernunft. Ich trat von der Rolltreppe und stoppte. Eine Gruppe italienischer Touristen versammelte sich vor dem Dom. Zögernd in der unbekannten Stadt. Einer wandte sich um. Ich versuchte ihm zuzulächeln. Gequält. Bahnte mir dann einen Weg durch die Menge. Weiter. Die Besorgung wollte ich nicht aufschieben. Zwei Straßenzüge noch. Oder drei. Dann würde ich ja sehen, ob die Bestellung eingelangt war oder nicht. Und danach ins Büro zurück. Weiter. Noch eine Touristengruppe. Eine deutsche diesmal. Ausgerechnet jetzt stiegen sie aus dem Reisebus. Ich wurde langsamer. Schlenderte beinahe. Als mich ihre Hand am Oberarm berührte, glaubte ich an eine Zufälligkeit des mittäglichen Getümmels, und erst weil ihr Griff andauerte, ich nach wie vor die fremde Handfläche durch den Ärmelstoff spürte, drehte ich mich um. Sie schaute mir in die Augen. Ihr Haar lag zu einem Zopf zusammengebunden seitlich auf der Schulter, und die dunklen Augen, ebenso wie die feinen Züge ihres Gesichts, verrieten einen südlichen, vielleicht südosteuropäischen Menschentyp. In einem Akzent, den ich als rumänischen zu identifizieren glaubte, fragte sie mich, ob ich ihr helfen könne. Nur helfen. Nichts weiter. Ich verneinte. Wandte mich meinem ursprünglichen Ziel zu. Ging weiter. Die Besorgung musste erledigt werden. Heute.

Und dann ins Büro zurück. Lästige Bettler. Ins Büro. Nach dem Affront... Ich blieb stehen. Mein Atem pulsierte viel rascher, als mein Schritttempo es erforderte. Etwas überrascht blickte ich auf meinen Oberarm, dorthin, wo ihre Hand gelegen war, an einer Stelle, die sich immer noch warm anfühlte. Es gab nichts zu sehen, keine Knitterfalte, keinen Fleck, keine Spur, nichts, und dennoch wurde ich die Empfindung nicht los, sie hielte mich nach wie vor fest und sagte, flüsterte, raunte ihre Frage, leise, in gebrochenem Deutsch, mit diesem ostromanischen Akzent, der mir hartnäckig in den Ohren lag. Ich wandte mich zurück, und in dem Versuch, ihr Antlitz inmitten des um diese Uhrzeit stets anschwellenden Menschenozeans zu erfassen, strich mein Blick über die Köpfe der Touristen, suchend, wiegend, pflügend nach den Augen, den auf eine ganz eigene Art funkelnden, lodernden Augen, die so tief in mich hineingeschaut hatten, was mir nun allmählich bewusst wurde. Dass Vorbeikommende mich wiederholt anstießen, störte mich nicht. Eine ungewohnte Aufregung schnürte meinen Hals zu. Ich schluckte. Presste die Kiefer aufeinander. Ein unbestimmter, schaler Schmerz machte sich in der Magengrube breit. Ich begab mich ein paar Meter zurück, drehte mich herum, lief über die Straße, verfolgte den Weg zur U-Bahn-Treppe, bewegte mich im Kreis, stapfte zu den Reisebussen hinüber, hielt inne und zog die Luft hörbar in die Lungen. Die Gesichter blieben fremd. Ich fühlte mich erschöpft, blieb noch ein paar Minuten auf der Stelle, an jenem Ort, an dem ihre Hand mich berührt, an dem ihr Blick sich mir eingeprägt hatte. Ein paar Minuten nur. Dann senkte ich den Kopf und ging zögernd weiter. Irgendeine Besorgung war zu erledigen.

Papierflieger

Stille. Wie lange ich hier bin, kann ich nicht sagen; ich habe keine Uhr. Die Fäuste in den Manteltaschen, ziehe ich die Schultern hoch und senke das Kinn in den Schal. Es ist schon eigenartig, wie viele Jahre man reden kann, ohne den Sinn der Worte wirklich zu verstehen. Was bedeutet denn ein Schritt zurück? Als du davon gesprochen hast, kannte ich dich kaum.

Ich glaube, es zieht mich in alle Richtungen; ich lasse mich treiben, schließe die Augen und versuche, alles um mich herum zu vergessen. Mir ist nicht bekannt, welcher Weg der richtige ist. Du meintest, ich schaue weg, und ich weiß, du hattest recht.

Mein Blick ist nach oben gewandt, als käme von dort eine Lösung, und nicht einmal, wenn ich die Augen schließe, stolpere ich. Der Schnee dämpft jeden Schritt und gleichzeitig höre ich das dumpfe Knarren, wenn die Kristalle von meiner Sohle zusammengedrückt werden.

Was du in meinen Augen gesehen hast, kommt mir in den Sinn. Mit einem Lied sprachst du es an und mit Worten, mit Gesten und deinem Blick, den ich, das ist mir jetzt bewusst, nicht zu mir lassen wollte. Noch immer weiß ich nicht, wer von uns beiden irrte.

Oft wünsche ich mir, ich wäre ein Papierflieger. Dann flöge ich über deinem Kopf, um dich zu begleiten. Ich sähe, was du tust, wüsste, wie es dir geht, und fühlte, was du fühlst. Nichts hielte mich auf, weder Sturm noch Regen. Ich wäre ein ganz besonderer Papierflieger, denn nichts könnte mich hindern, bei dir zu sein.

Nicht wissend, wohin ich mich wenden soll, mit dem Gefühl, nichts von alldem beendet zu haben, und verzweifelt darüber, noch immer am Anfang zu stehen, halte ich an. Erst als der Wind so scharf über die Böschung bläst, dass meine Wangen zu frieren beginnen, bemerke ich, dass ich viel zu lang schon vor einem Grab stehe.

Der Pflegling

In Anbetracht der fantastischen Umstände hielt ich das Erzählte für baren Unsinn, einen Schwindel ohnegleichen, denn sogar der gesunde Hausverstand sagte einem, dass nicht wahr sein konnte, was meine Nachbarin von sich gab. Ohne sich indes von meinem Einwand beirren zu lassen, setzte sie fort und beschrieb die Fähigkeiten des Jungen, der seit einem Jahr bei ihr lebte, in grellen Farben und dermaßen begeistert, dass ich letzten Endes meinen Zweifel anzweifelte und eine tiefe Neugier empfand. Egal in welcher Sprache jemand das Kind adressiere, schilderte die Nachbarin, käme eine entsprechende Antwort zurück, in analogem Ausdruck, korrekt, absolut passend und überdies akzentfrei. Ich mutmaßte, das Kind habe Diplomateneltern und sei trotz seines jungen Alters schon weit in der Welt herumgekommen. Allein konnte dies, wie ich erfuhr, nicht bewiesen werden, denn seine Eltern waren völlig unbekannt, ja sogar seine Herkunft schwebe in der Luft. Ein Findelkind also, jedoch nicht, wie man sich ein solches vorstellt oder darüber von Zeit zu Zeit in den Nachrichten hört, denn auch die Art und Weise seines Auftauchens besaß Originalität. Vor Monaten war es mit einem Mal vor der Tür meiner Nachbarin gestanden, verlassen und mittellos, und habe quasi um Asyl gebeten, was aus seinem Mund äußerst befremdlich klang. Die sogleich ausgelösten Nachforschungen durch die hiesige Polizei und Interpol hatten keinerlei Ergebnis gebracht: Es schien aus dem Nichts aufgetaucht, und da meine Nachbarin über einen guten Draht zu einer Mitarbeiterin des Jugendamtes verfügte, gelang es ihr, den Jungen mit Billigung der Behörden vorerst in Pflege zu nehmen.

Ich wusste wohl, dass die gute Frau nicht viel Ahnung von Fremdsprachen hatte und neben ihrer Muttersprache bestenfalls ein paar Brocken Englisch beherrschte, doch angesichts ihrer ungewohnten Überzeugung und der hartnäckigen Aussage, eine Reihe von Fachleuten und Ärzten habe das verblüffende Wissen des Buben sozusagen amtlich bestätigt, fühlte ich mich herausgefordert und fragte, ob sie mir erlaube, ihren Schützling einmal kennenzulernen und ihm ein paar Fragen zu stellen, da ja auch ich, wie sie wisse, als Linguist auf diesem Gebiet nicht ganz unbeleckt sei.

Also wechselten wir in ihre Wohnung, und ich schmunzelte, als ich den etwa zehnjährigen Knaben spielend mit einer Holzeisenbahn vorfand. Er schaute nicht einmal auf, als ich ihm einen Gutenmorgengruß zuwarf. Die Nachbarin zeigte auf einen Fauteuil und bewegte das Kinn, als wollte sie mich ermuntern, mit meinen Fragen herauszurücken und die Kenntnisse ihres Pflegekindes auszuprobieren. Etwas zögernd und in der Erwartung, bald wieder abzurauschen, erklärte ich auf Französisch, dass mir von seiner einzigartigen Sprachbefähigung erzählt worden war, dass ich das toll fände, aber auch sehr ungläubig sei und deshalb seine Bekanntschaft machen wolle. »Ouais, j'sais…,« entgegnete er und sprudelte heraus, dass schon andere vor mir dasselbe getan hätten, es ihn hingegen nicht störe und im Grunde sogar amüsiere. Ich vermochte nicht einmal einen fremden Akzent herauszufiltern, der Bub klang wie jemand aus Paris oder Lille. Erstaunt setzte ich mich in den Fauteuil.

Mich wunderte zwar kaum, dass er meiner englischen Vorgabe mit einem waschechten amerikanischen Slang begegnete, jedoch staunte ich über seine Entgegnungen auf Katalanisch, Portugiesisch, Kroatisch und nickte anerkennend und hingerissen. Als er meine nicht besonders geglückten russischen Sätze korrigierte und meinen Ausruf »Ты говоришь тоже по-русски!«[1] mit einem simplen »конечно«[2] parierte, fühlte ich meinen Puls ansteigen. Durch ein paar jiddische Wendungen geriet er ins Fabulieren, und wie ich in meiner Überraschung den Satz einer Haggada rezitierte, den ich zufällig auswendig gelernt hatte, wechselte der Knabe ins Hebräische, dessen Phrasen zu einer regelrechten Suada anwuchsen, von der ich leider kein Wort mehr verstand. Der Nachbarin zufolge konnte er angeblich auch Chinesisch, doch war mir diese Kultur unzugänglich, und so formulierte ich mehrere der arabischen Floskeln, die ich kannte. Der Junge nahm diese auf und hob zu einem Monolog an, den ich anhand der Aussprache gerade noch als gediegenes, über alle Dialekte hin verständliches Medienarabisch identifizierte, von dem ich jedoch nur mehr einzelne Wörter erfasste. Kein Zweifel, sinnierte ich perplex, wenn nicht erschüttert, ich hatte eine Art vermenschlichten Universalübersetzer vor mir. Allerdings existierte eine solche Einrichtung bislang ausschließlich in den Köpfen von Science-Fiction-Autoren, welche die Forschungsbesatzungen von Raumschiffen mit der Kompetenz ausstatten mussten, mit jeder im All angetroffenen Lebensform in Verbindung zu

---

[1] Du sprichst auch russisch!

[2] Klar.

treten und qualifizierten Erfahrungsaustausch quer über die Galaxien zu betreiben.

Wir wurden jäh von der Haushaltsgehilfin der Nachbarin unterbrochen, einer Filipina, mit der ich zu einer anderen Gelegenheit ein Weilchen geplaudert hatte. Als der Knabe aufsah und ihr eine Frage in einer Sprache stellte, die ich noch nie bewusst vernommen hatte, senkte ich beschämt den Blick. Von der Filipina wusste ich freilich, dass es sich um Tagalog handelte. Ich erhob mich, klopfte dem talentierten Jungen auf die Schulter und nickte der Nachbarin, die bereits die ganze Zeit über selbstgefällig grinste, zum Abschied zu.

Die weiteren Geschehnisse erfuhr ich lediglich aus sporadischen Berichten. Die Nachbarin ertrug keine Geheimnisse und fand es äußerst diffizil, ihre Erlebnisse mit dem genialen Sprössling als privat oder gar intim einzustufen, zumal sie als eine zunehmend Alleingelassene den Ansporn und Zuspruch ihrer Bekannten und Freunde brauchte. Wenn wir einander daher auf dem Gang begegneten, quollen unzählige Einzelheiten aus ihr heraus, Situationen, in die sie durch ihren Ziehsohn hineingestolpert war, Völker, deren Namen sie nie zuvor gehört hatte, und Lexeme, die erst nach geduldiger Übung aussprechbar waren. An einem Abend, ich erinnere mich sehr genau, stürzte sie mir aufgelöst und beinah schluchzend entgegen, rieb ihren Schopf an meiner Brust mehrmals heftig hin und her, sodass ich zauderte, ihr meinerseits den Arm um die Schulter zu legen und sie an mich zu drücken. Nach und nach begriff ich, dass ihr Gemütszustand von einem folgenreichen und nicht wiedergutzumachenden Ereignis zerwühlt war, nämlich, wie mir bald schwante, dem Verschwinden ihres Pfleglings, den sie für immer verloren zu haben glaubte. Wenige Wochen zuvor war dieser einem Herrn mit dunkler Hautfarbe begegnet, der aus Schwarzafrika stammte und in unserem Land ein Medizinstudium absolvierte. Als dieser von der seltenen Fähigkeit des Buben erfuhr, wandte er sich in seiner Muttersprache an ihn, wie viele vor ihm es bereits versucht hatten, um eine vermeintliche Lüge zu entlarven. Die Nachbarin hatte siegessicher gelächelt, was ich mir mühelos vorstellte, und rechnete mit einer Antwort, die von fremden Schnalzern und Knacklauten nur so sprühte. Diesmal aber wusste der Junge keine Antwort, starrte dem Mann ratlos in die Augen und konnte die Bedeutung des Gesagten nicht einmal erahnen. Die Rede des angehenden afrikanischen Arztes, womöglich in Lingala, Zulu oder Bambara, weckte keinerlei Konnotation in seinem Gedächtnis. Konfrontiert mit dem unbekannten Idiom schwieg er und sah schließlich zu Boden, ohne auf eine seiner zahlreichen anderen Sprachen zu wechseln und so vielleicht doch noch eine Kommunikationsbasis herzustellen. Dieser Fehlschlag, den er sich als ganz persönliches Scheitern zu Herzen nahm, ließ ihm wohl keine Ruhe. In den Folgewochen sprach er sehr wenig, war kaum gewillt, auf gut gemeinte Erkundigungen einzugehen oder seine linguistische Gewandtheit neuerlich unter Beweis zu stellen.

Und dann, sagte die Nachbarin stockend und mit Tränen in den Augen, verschwand er, ähnlich überraschend wie er angekommen war, ohne eine Mitteilung zu hinterlassen, mit unbekanntem Ziel. Erst ein Polizeipsychologe habe die Vermutung geäußert, dass er sich eigenständig auf den Weg gemacht habe, zu jenem Land aufgebrochen sei, in dem die ihm unbekannte Bantusprache verwendet wurde, um sie, wie die vielen anderen, zu studieren und zu erlernen und eines Tages genauso perfekt einzusetzen wie etwa Französisch, Russisch oder Tagalog. Ob er danach wieder zu ihr zurückfinden würde, habe allerdings auch er, der Psychologe, nicht zu verheißen gewagt.

Halbschlaf

Das Zuschlagen einer Tür, das Bremsen eines Autos, ich fuhr zusammen, öffnete die Augen, schloss sie und bezweifelte, sie überhaupt geöffnet zu haben. Waren die Geräusche echt? Ich drehte mich zur Seite, glaubte, mit dem Kopf gegen einen harten Gegenstand zu stoßen, vielleicht gegen die Wand oder gegen das Bücherregal, das hier irgendwo stehen musste. Das Telefon klingelte, zwei Mal, riss mich völlig heraus, Herzschlag und Atmung wurden so schnell, dass ich mich aufsetzte, jedoch sofort wieder zurücksank, da sich die Luft schwarz zu färben schien. Mein Kopf fiel auf das Kissen zurück und ich fühlte den Stoff des Überzugs, die Baumwollfasern und eine Grenze zwischen Kalt und Warm dort, wo ich vorher gelegen war. Das Telefon! Ich hatte es vergessen, öffnete die Augen und schaute auf, bemerkte, dass es zu spät und das Läuten längst verstummt war, und es ergab keinen Sinn mehr, noch hinzugehen und abzuheben, denn der Anrufer hatte längst die Begrüßung des Anrufbeantworters vernommen, seinen Namen aufs Band gesprochen oder enttäuscht aufgelegt. Meine Gedanken kippten weg, in die Schwerelosigkeit, der ich mich freiwillig ergab. Woher die Stimmen kamen, konnte ich nicht feststellen, und ich staunte über den Mann, der mit bellender Stimme von seinem Unfall erzählte, von den Schmerzen, derer er sich trotz schwerer Medikamente nicht entledigen konnte, und von dem Misstrauen, welches er den Ärzten entgegenbrachte. Er verblasste, und in dem Maß, in dem sich seine Stimme entfernte, tauch-

216

te ein kleines Kind immer deutlicher vor mir auf. Ich musste aufwachen, dachte ich, hielt mich am Pfosten fest, den ich keineswegs neben dem Bett vermutet hatte, fand diese Tatsache immer fragwürdiger und drehte mein Gesicht nach oben. Dann hob ich den Kopf, versuchte mich aufzustützen und atmete tief ein, weil ich bemerkte, dass mein Körper bereits mehr Sauerstoff benötigte, als ich ihm durch meine dem Schlaf angepasste Atmung zuführte. Taumeln, ungezieltes Herumtappen der Arme, die Umrisse des Tisches, die sich aus dem gerade noch empfundenen Grau hoben. Allmählich die Gegenstände des Zimmers wahrnehmend schaute ich auf den Plafond und streckte die Beine aus, um die Müdigkeit zu vertreiben. Aus der Ferne erklangen die Geräusche des Alltags, dumpfe Schritte, das Aufdrehen eines Wasserhahns, das Geklimper von Besteck und Tellern, das Brabbeln eines Säuglings. Nichts hatte sich verändert, und ich wusste, dass ich aufstehen musste, um weiterzuarbeiten, denn ich hatte alle Unterlagen unerledigt auf dem Tisch liegen gelassen. Die Luft glich einem Schleier, der immer dichter wurde, auf mich herabfiel und mich wie ein weiches Tuch einhüllte, um neue Eindrücke von mir fernzuhalten. Die Tür ging auf, und meine Frau schaute herein, sagte ein paar Worte, die ich nicht verstand; deshalb versuchte ich genauer hinzusehen, als sie die Tür wieder schloss und so behutsam die Klinke losließ, dass ich mich ernsthaft fragte, ob ihr Erscheinen bloß eingebildet war. Da ich an diesem Tag nicht fortgehen musste und das Zifferblatt der Uhr kaum erkannte, weil diese zu weit weg stand, schloss ich die Augen. Über der Beobachtung, wie sich der Anblick des Bücherregals mit Texten vermischte, die ich noch nicht geschrieben hatte, und eine

Stimme, die meine eigene war, diese Texte vorlas, merkte ich mit einem Anflug von Ärger, dass ich es wieder nicht geschafft hatte aufzustehen.

Die nachfolgend angeführten Kurzgeschichten wurden in Literaturzeitschriften oder Anthologien erstveröffentlicht: *Abflug* in: Gedanken-Brücken, Edition Doppelpunkt, Wien 2000; *Das Begräbnis* in: Kaleidoskop, Edition Doppelpunkt, Wien 2005; *Das Gehöft* in: Gegenwind (8), Augsburg 1995; *Der Besuch* (unter dem Titel *Nachmittags*) in: Neue Sirene (21), München 2007; *Der Geier* in: Konzepte (26), Neu-Ulm 2006; *Der Installateur* in: Der Verstärker (16), Berlin 2006; *Der Kuss* in: Schnipsel, Schongau 2007; *Der Maler* in: Schrieb (5), Erding 2006; *Der Pflücker* in: Podium (95), Wien 1995; *Der Sammler* in: Kurzgeschichten (01), Offenburg 2006; *Der Trinker* in: Schrieb (4), Erding 2006; *Halbschlaf* in: Kurzgeschichten (02), Offenburg 2006; *Im Keller* in: Kurzgeschichten (07), Offenburg 2006; *Jugend* in: InN (12), Innsbruck 1987; *Lancelots Rückkehr* in: der literat (8), Frankfurt am Main 1985; *Lyrisch* (unter dem Titel *Lyrische Formen*) in: Schnipsel, Schongau 2005; *Meerstadt* in: Literarisches Österreich (3), Wien 1987; *Momentaufnahme* in: Gegenwind (21), Augsburg 2005; *Notruf* in: außer.dem (13), München 2006; *Reflektor* in: Schreibkraft (12), Graz 2006; *Verdächtig* in: Kurzgeschichten (01), Offenburg 2007; *Widerspruch* in: Podium (143-144), Wien 2007.

Klaus Ebner wurde 1964 in Wien geboren. Er ist Autor von erzählender Prosa, Essays und Lyrik. Der vorliegende Kurzgeschichtenband wurde erstmals 2007 bei Edition Nove, Neckenmarkt, als Taschenbuch veröffentlicht (ISBN 978-3-852511979). Satzfehler wurden in dieser Ausgabe stillschweigend korrigiert. www.klausebner.eu